CATALOGUE MENSUEL N° 201

15 OCTOBRE

n° 1179
1894

LIBRAIRIE

DE

THÉOPHILE BELIN

29, Quai Voltaire, PARIS

PARIS

LIBRAIRIE THÉOPHILE BELIN

29, QUAI VOLTAIRE, 29

1894

3789. **About** (Ed). La vieille roche. Paris, Hachette, 1865, 3 vol. in-8 demi-rel. veau fauve. 10 fr.

3790. **Abrégé de l'Histoire des Roys de France**, avec les effigies, tirées des plus rares et excellents cabinets de la France. A Rouen, chez Louys du Mesnil, 1624, in-8, maroq. La Vall. jans. dent. int. tr. dor. 40 fr.

Nombreux portraits gravés sur bois, plus une planche également gravée sur bois, représentant un supplice.

3791. **Adam** (Mme). Païenne. Paris, Ollendorff, 1883, pet. in 8 br. couv. 9 fr.

L'un des 25 exemplaires sur papier de Hollande.

3792. **Alberti**. Hecatomphila che ne insignia l'ingeniosa arte d'amore : Deiphira che ne mostra fuggir il mal principiato amore. In Venetia, 1545, in-12 mar. cit. orn. à froid sur les plats. 15 fr.

3793. **Alciat**. Los Emblemas | de Alciato, | traducidos en rhimas | españolas (par Bernardino Daza Pinciano). Añadidos | de figuras y de nuevos | Emblemas en la terce | ra parte de la obra. | En Lyon, por Guiliel | mo Rovillio, 1549. | gr. in-8 de 256 pp. 3 ff. non ch. de table et 1 f. blanc, fig. sur bois, mar. violet, fil. à fr. fleurons dorés, dent. int. tr, dor. (Belz-Niedrée). 10 fr.

Première édition, peu commune, de cette traduction espagnole. Elle est ornée de 200 figures sur bois, les mêmes que renferme l'édition française sous la même date, et d'encadrements sur bois varies au titre et à chaque f.

3794. **Alciati**. Omnia Andræ-Alciati V. C. emblemata : cum commentariis, quibus emblematum omnium aperta origine. mens authoris explicatur et obscura omnia dubingue illustrantur. Per Claudium Minoem. Parisiis. H. de Marnef, 1583, in-8 veau. 15 fr.

Vignettes sur bois.

3795. **Alcoran des Cordeliers** (L'). tant en latin qu'en françoys, c'est-à-dire Recueil des plus notables bourdes et blasphèmes de ceux qui ont osé comparer sainct Françoys à Jesus-Christ : tiré du grand livre des Conformitez, jadis composé par Frère Barthélemy de Pise, cordelier en son vivant. Nouvelle édition ornée de figures dessinées par B. Picart. Amsterdam, 1737, 2 vol. in-12, front. pl. v. f. ant. fil. tr. dor. 16 fr.

3796. **Alexandre** (Arsène). Honoré Daumier, l'homme et son œuvre. Paris, Laurens, 1888, gr. in-8 br. 12 fr.

Portrait à l'eau forte, 2 héliogravures et 47 illustrations.

3797. **Amélie** ou les écarts de ma jeunesse. Chez tous les libraires, 1886, in-8 br. 6 fr.

L'ouvrage à pour épigraphe un verset des Proverbes de Salomon : « Une belle femme sans pudeur est comme une bague d'or au museau d'une truie. »

3798. **Amours** (Les) de Messaline, cydevant reine de l'isle d'Albion. Où sont découverts les secrets de l'imposture du Prince de Galles, de la Ligue avec la France et d'autres intrigues de la cour d'Angleterre, depuis ces quatre dernières années ; par une personne de qualité, confidente de Messaline. Traduit de l'Anglois (par Gregorio Leti). A Cologne, P. Marteau, 1689, pet. in-12 mar. rouge, dent. int. tr. dor (Lortic). 45 fr.

Edition originale de ce pamphlet contre Eléonore d'Este, reine d'Angleterre, femme de Jacques II, réfugié à Saint-Germain. L'auteur que l'on suppose être Gregorio Leti) se dit une personne de qualité, confidente de Messaline et bien qu'il affirme que la fiction n'a aucune part dans son histoire, il est impossible de le croire. La 3e et 4e partie de l'ouvroge sont consacrées au récit des galanteries de la reine avec le nonce et avec Louis XIV : ce dernier, pris pour dupe, a un rendez-vous avec la nourrice du petit prince de Galles, etc.

3799. **Anacréon**, Sapho, Bion et Moschus. Traduction nouvelle en prose, suivie de la Veillée des Fêtes de Vénus, et d'un choix de pièces de différens auteurs, par M. M*** C** (Moutonnet de Clairfond). – Héro Léandre, poème de Musée. On y a joint la traduction de plusieurs Idylles de Theocrite. A Paphos et se trouve à Paris, chez Le Boucher, 1773-1774, 2 tomes en 1 vol. in-8. fig. v. marbr., tr. dor. 40 fr.

2 figures-frontispices, 12 vignettes et 13 culs-de-lampe, dess. par Eisen, gr. par Massard et Duclos,

3800 **Anacréon**. Recueil de compositions dessinées par Girodet, et gravées par M. Châtillon, son élève, avec la traduction en prose des Odes de ce poète. Paris, 1825, pet. in-fol. demi-mar. viol. avec coins, n. rog. 25 fr.

54 planches gravées au trait.

3801. **André** (Emile). Coulisses et salles d'armes, 5e édition. Paris, Ghio. 1882, in-12 demi-mar. rouge avec coins, tête dor. n. rog. 3 fr. 50

3802. **Apicii Coelii** de Opsoniis et Condimentis, sive Arte coquinaria libri decem. Cum annotationibus Martini Lister et notis selecti ribus variorum. Editio secunda. longe auctior atque emendatior. Amstelodami, apud Janssonio-Waesbergios, 1709, pet. in-8, front. gravé, mar. rouge, fil., dos orné, dent. int., tr. dor. (Belz-Niedrée). 50 fr.

3803. **Appologie** faicte par le grand abbé des Conardz sur les invectives Sagon, Marot, La Hueterie, pages, valetz, braquetz, et cetera, suivie de la respõse à l'abbé des Conardz de Rouen. A Paris, de l'imprimerie de Panckouke, 1854, pet. in-12, mar. r. dos orné, fil. dent. int. tr. dor. (Capé). 40 fr.

3804. **Apulée**. L'Ane d'Or, ou la métamorphose, traduction de Savalète, préface de J. Andrieux. Paris, Didot, 1872, gr. in-8 br. 15 fr.

Nombreuses gravures dessinées par A. Racinet.

3805. **Arago** (François). Œuvres complètes publiés d'après son ordre sous la direction de J. A. Barral, 12 vol. Astronomie populaire par le même, 4 vol. Paris, Gide et Baudry, 1854, ensemble 16 vol. in-8, demi-rel. chag. brun. 45 fr.

3806. **Arétin** (Pierre). Trois Livres de l'humanité de Jésuchrist, divinement descripte, et au vif représentée par Pierre Arétin. Nouvellement traduictz en Françoys (par Jean de Vauzelles). Melchior et Gaspard Trechsel finirent d'imprimer ce livre à Lyon, le premier jour de Mars 1539, pet. in-8 de 7 ff. prélim., 348 pp. et 1 f. d'errata, petit in-12 carré, mar. lavall. jans., dent. int., tr. dor. 80 fr.

Première édition. Haut. : 129 mill.

3807. **Aretino** (Pietro). Les Ragionementi ou Dialogues du divin Pietro Aretino. Texte Italien et traduction complète par le traducteur des Dialogues de Luisa Sigea. Avec une réduction du portrait de l'Arétin peint par le Titien et gravé par Marc-Antoine. Imprimé à cent exempl. pour Isidore Liseux et ses amis. Paris, 1882, 6 vol. in-8 br. 175 fr.

Les « Ragionamenti » ou Dialogues putanesques de Pietro Aretino sont traduits ici pour la première fois. Cette œuvre hors ligne, dont tout le monde parle sans la connaître, n'a rien de commun avec les ordures débitées depuis trois siècles sous le nom d'Arétin.

3808. **Aristote**. La Politique d'Aristote, traduite en français d'après le texte collationné sur les mss. et les éditions principales par J. Barthélemy-St-Hilaire. Paris, Imp. Royale, 1837, 2 vol. gr. in-8 br. (piqûres). 30 fr.

Rare.

3809. **Armengaud**. Les Galeries publiques de l'Europe, Rome-Italie. Paris, J. Claye et Ch. Lahure, 1856-62, 2 vol. gr. in-4. mar. bleu. fil. dos orné, tête dor. non rog. fermoirs. 180 fr.

Exempl. sur papier de Chine, nombreuses figures, et portraits dans le texte.

3810. **Art** (L') de vérifier les dates des faits historiques, des chartres, des chroniques et autres monuments, depuis la naissance de Notre-Seigneur. 3e édition. Paris, Jombert, 1783, 3 vol. in-fol. veau granit, fil. tr. marbr. dos orné (rel. anc.). 180 fr.

Bel exemplaire de cette édition la plus recherchée.

3811. **Art-Journal** (The). London, J. Virtue, 1858-1875, 13 vol. in-4, pl. demi-rel. mar. vert, fil., tr. dor. (Rel. anglaise). 100 fr.

Années 1858 à 1866 et 1872 à 1875.

3812. **Arts somptuaires** (Les). Histoire du Costume, de l'ameublement et des arts qui s'y rattachent, publié sous la direction de Hangard-Maugé. Dessins de C. Ciappori. Introduction générale et texte explicatif par Louandre. Paris, Hangard-Maugé, 1857-58, 4 tômes en 3 vol. in-4 demi-rel. mar. rouge avec coins, tête dor. n. rog. 180 fr.

324 planches noires et coloriées.

3813. **Audebert**. Histoire naturelle des singes et des makis. Paris, Lefèvre, 1810, in-fol. cart. n. rog. 40 fr.

63 planches.

3814. **Aumale** (Le duc d'). Histoire des princes de Condé pendant les xve et xvie siècles. Paris, Calmann Lévy, 1885, 2 vol. in-8 br. 8 fr.

Cartes et portraits.

3815. **Austrasiæ** reges et duces epigrammatis. Per Nicolaum Clementem Trelaeum Mozellanum descripti. Coloniæ, 1591, in-4, portr. mar. grenat, comp. et croix de Lorraine sur le dos, aux angles et au centre des plats, dent. int. tr. dor. (Masson-Debonnelle). 250 fr.

Ouvrage recherché, orné de 63 portraits gravés par P. Woeiriot.

Exemplaire du premier tirage avec l'errata final et le double portrait de Charles III, l'un avec la toque, l'autre qui était collé sur le premier et qui, après avoir été décollé, a été placé en regard, est sans la toque.

On a ajouté à cet exemplaire, dont les feuillets ont été choisis entre plusieurs exemplaires du premier tirage, le dernier feuillet du deuxième tirage contenant le portrait de Charles III décoiffé avec le mot bar de la légende, correctement écrit (on lit bab dans la légende du premier médaillon décoiffé), et sans l'errata final.

Il serait difficile de rencontrer un exemplaire aussi complet et aussi parfait sous tous les rapports.

3816. **Aventures** du Gourou. Paramarta, conte drôlatique indien traduit par l'abbé Dubois, orné de nombreuses eaux-fortes par Bernay et Cattelain. Paris, Barraud, 1877, gr. in-8 br. ex., sur papier raisin vergé au lieu de 24 fr. 5 fr.

— Le même sur papier de Chine, au lieu de 40 fr. 8 fr.

— Le même sur papier Japonais, au lieu de 100 fr. 15 fr.

3817. **Balinghem** (Le P. Anthoine de) Après Dinées et propos de table contre l'excez au boire et au manger pour vivre longuement, sainement, et sainctement, Lille, Pierre de Rache, 1615, in-8, vél. 15 fr.

Petit ouvrage singulier et facétieux ; Rare.

3818. **Bandello**. Premier et second thome des Histoires tragiques, contenans XXXVI livres. Les six premiers, par Pierre Boisteau, surnomé Launay, natif de Bretaigne. Les trente suyuans par Fr. de Belle-Forest, Comingeois. Extraictes des œuvres italiennes de Bandel et mises en langue françoise. Paris, Jacques Macé, 1568, 2 vol. in-12, mar. rouge, dent. int., tr. dor. (Chambolle-Duru). 100 fr.

Bel exemplaire.

3819. **Barbier** (Jules). Fleur blessée. Tableaux-Mosaïque. Paris, C. Lévy, 1890, in-12 br. couv. 30 fr.

Illustré dans les marges de 33 dessins inédits à la plume de Florin.

3820. **Barbier et Quérard**. Dictionnaire des ouvrages anonymes, 4 vol. — Les Supercheries littéraires dévoilées, 3 vol. — Paris, Daffis, 1869-72. Ensemble 7 vol. gr. in-8 demi-mar. chag. rouge, tr. jasp. couv. texte à deux colonnes. 100 fr.

3821. **Barrière** et **Murger** (Th.). La vie de Bohême pièce en cinq actes mêlée de chants, représentée à Paris, le 22 Novembre 1849, in-12 cart. 10 fr.

Edition originale.

3822. **Baudelaire** (Charles). Les fleurs du mal. Paris, Poulet-Malassis et de Broise, 1857, in-8 mar. grenat, tr. dor. (Thibaron Joly). 90 fr.

Edition originale.

3823. **Bauderon de Senecé**. Satyres nouvelles. A Paris, chez Pierre Aubouyn, 1695, in-12, réglé, mar. rouge, fil., dos orné, dent. intér., tr. dor. (Hardy). 40 fr.

Edition originale

3824. **Baudrillart** (H.). Histoire du luxe privé et public depuis l'antiquité jusqu'à nos jours. Paris, Hachette, 1878, 4 vol. in-8 demi-chag. vert, tr. jasp. 20 fr.

3825. **Beaumarchais**. Suite complète de cinq pièces grand in 8, d'après les dessins de Saint-Quentin, pour la Folle Journée. 25 fr.

3826 **Beaux-Arts** (Les). Musée des chefs-d'œuvres contemporains. Paris, Dentu, 1875-1880 inclus, 2 vol. in-fol. demi-percal. n. rog. 80 fr.

265 planches, la plupart gravées à l'eau-forte.

3827. **Bellier de Villiers**. Les Déduits de la chasse du chevreuil. Paris, 1870, in-4 br. 15 fr.

Planches hors texte.

3828. **Béranger**. Chansons anciennes, nouvelles et inédites, suivies des procès intentés à l'auteur. Paris, Baudouin, 1827, 3 vol. avec 1 portr. et 99 vignettes de Tony Johannot sur chine, collé. — Supplément, Paris, 1829, 1 vol. — Dernières chansons de 1834 à 1851. Paris, Perrotin, 1860, 1 vol., illustrées de 14 dessins de A. de Lemud. — Ma Biographie. Paris, Perrotin, 1857, 1 vol., portrait en pied, dessiné par Charlet, Musique des Chansons de Béranger, airs notés anciens et modernes. Paris, Perrotin, 1858, 1 vol. illustré de 79 gravures de Grandville. — Ensemble 7 vol. in-8, demi-veau vert avec coins, non rognés pour les 4 premiers volumes et ébarbés pour les 3 derniers. 250 fr.

3829. **Bénard**. Eloge de l'Enfer, ouvrage critique, historique et moral, A La Haye, chez Pierre Gosse, 1759, 2 vol. in-12, front., fig. et vignettes. mar. bleu, fil., dos ornés, tr. dor. (Rel. anc.). 60 fr.

Exemplaire en papier de Hollande.

3830. **Bernard**. 9 dessins par Adam et Levasseur pour l'Art d'Aimer. 40 fr.

3831. **Bernardin de St-Pierre**. Collection complète de onze gravures in 8, d'après Corbould, pour les œuvres. Paris, Lequien, 1830, épreuves sur papier de Chine. — La même suite sur papier blanc. On a ajouté cinq gravures de Corbould, in-18, pour une édition donnée par Lefèvre. — Superbes épreuves en deux états, avant la lettre sur papier de Chine et à l'état d'eaux-fortes. 20 fr.

3832. **Béroalde de Verville**. Le Moyen de Parvenir. Œuvre contenant la raison de ce qui a été, est et sera avec démonstration certaine selon la rencontre des effets de la vertu. Revu, corrigé et mis en meilleur ordre par P. E. Jacob. Paris, Techener, 1841, 2 vol. in-12 veau fauve, fil. dent. int. tr. dor. papier de Hollande. 30 fr.

Bel exemplaire.

3833. **Berthelé** (J.) Recherches pour servir à l'histoire des arts en Poitou. Melle Lacuve, 1889, gr. in-8 br. 6 fr.

3834. **Béthune** (Le Chevalier de). Relation du monde de Mercure. Genève 1750, 2 part. en 1 vol. in-12, demi-veau fauve (Pouillet). 5 fr.

Un frontispice gravé et 2 fleurons en tête de chaque volume non signées.

3835. **Boileau**. Suite complète de 1 portrait et de 20 vignettes dessinées et gravées à l'eau-forte par Foulquier, épreuves sur chine, volant en feuilles in 8. 25 fr.

Epreuves sur Chine avant lettre, pour l'édition Mame.

3836. **Bolsec** (Hierosme Hermes) Histoire de la vie, mœurs, actes, doctrine, constance et mort de Jean Calvin, ministre de Genève, publiée à Lyon en 1577, rééditée par L. F. Chastel, Lyon, 1875, in-8 cart. non rog. port. papier vergé. 10 fr.

3837. **Bonnières** (Robert de). Les Académiciens, comédie par St Evremont. Paris, Charavay, 1879, in-8 br. 2 fr.

3838. **Bourassé** (L'abbé J.-J.). Résidences royales et impériales de France, histoire et monuments. Tours, A Mame, 1864, gr. in-8 cart. toile, dos orné. tr. dor. 5 fr.

3839. **Brantome**. Mémoires, contenans les anecdotes de la cour de France, sous les rois Henri II, François II, Henri III et IV, touchant les duels. A. Leyde, J. Sambix, 1722, pet. in-12, veau. 3 fr.

3840. **Brouillon** (le R. P.). Missions de Chine. Mémoire sur l'état actuel de la mission du Kiang-Nan 1842-1855, Suivi de lettres relatives à l'insurrection 1851-55. Paris, 1855, in-8, demi-veau. 3 fr.

3841. **Brunet** (Romuald). Traité d'escrime, pointe et contre-pointe. Paris, Rouveyre, 1884, in-12, demi-mar. chag. rouge, tête dor. n. rog. 4 fr.

Illustré de 5 dessins et de 27 planches inédites.

3842. **Buffon**. Œuvres complètes, avec des extraits de Daubenton et la classification de Cuvier. Paris, Furne, 1864, 2 vol. gr. in-8, br., port. 7 fr.

Tome I et II contenant la théorie de la terre.

3843. **Bulau** (Fr.). Personnages énigmatiques, histoires mystérieuses, événements peu ou mal connus, traduit de l'allemand, par W. Duckett. Paris, Poulet-Malassis, 1861, 3 vol. in-12, demi-veau fauve, tr. rouges. 9 fr.

3844. **Buzot**. Mémoires sur la révolution française. Paris, Béchet, 1823, in-8, demi-veau vert 3 fr.

3845. **Byron** (Lord). The Complete works of Lord Byron, with a biogra and critical notice by J. W. Lake Esq. Paris. Didot, 1825, 7 vol. in-8 dem. mar. rouge de l'époque avec coins, n. rog. (Martin). 40 fr.

Bel exemplaire sur papier vélin, avec le portrait avant la lettre.

3846. **Byron** Œuvres. Traduction de Amedée Pichot. Paris, Furne, 1830. 6 vol. in-8, demi-rel. 10 fr.

3847. **Cabinet satyriqne** (Le) ou Recueil (sic) parfait des vers piquants et satyriques de ce temps, tiré des secrets cabinets des sieurs de Sigognes, Regnier. etc. S. L., 1667-1672, 2 vol. pet. in-12, veau brun ant. 30 fr.

Edition peu commune.

3848. **Cabinet Satyrique** (Le) ou recueil parfaict des vers piquants et gaillards de ce temps, tiré des secrets cabinets des sieurs de Sigognes, Regnier, Motin, Berthelot, Maynard et autres des plus signalez poètes du XVIIe siècle. Nouvelle édition complète, revue et corrigée avec glossaire, variantes notices biographiques etc. Gand et Paris, 1859, 2 vol. in-12, demi-chag. rouge, tête dor., n. rog. 30 fr.

L'un des 7 exemplaires sur papier vélin.

3849. **Cæsariis**. C. Julii Cæsariis rerum gestarum Commentarii XIV. Omnia collatis antiquis manuscriptis exemplaribus, quœ passim in Italia,

Gallia et Germania inveniere potuimus, docte accurate et emendate restituta pront proxima payina indicatur. Francofurti ad Mænum, 1575, in fol., mar. rouge, fil., tr. dor. (rel. anc.). 200 fr.

Aux armes de De Thou.

3850. **Caillières**. La Logique des amans, ou l'Amour logicien, par M. de Caillières, le fils. Suivant la copie imprimée à Paris, 1671 (à la Sphère), pet. in-12, mar. citron, fil., dos orné, dent. intr., tr. dor. (Hardy.) 20 fr.

3851. **Calmo** (Andrea). Delle lettere di M. Andrea Calmo. — Residuo delle lettere, con cinquanta stanze al proposito dell'opera. In Vinegia, 1580. 4 parties en 1 vol. in-8, vél. blanc, fil., tr. dor. 120 fr.

Reliure molle de toute fraicheur, aux premières armes de J.-A. de Thou.

3852. **Campagne** de l'empereur Napoléon III en Italie, 1859. Atlas des marches et atlas des batailles, rédigés au dépôt de la guerre, d'après les documents officiels, étant directeur, le général Blondel, sous le ministère de S. E. le maréchal conte Randon, 1860-1861, 2 vol. in-fol. dem. percal n. rog. 40 fr.

93 cartes.

3853. **Capefigue**. L'Europe depuis l'avénement du roi Louis-Philippe, pour faire suite à l'histoire de la Restauration, du même auteur. Paris, 1845, 10 vol. in-8 cart. 12 fr.

Tâches de rousseur.

3854. **Capistron**. Œuvres. Nouvelle édition, augmentée de la fameuse tragi-comédie de Venceslas. Amsterdam, J. Garrel à la sphère, 1698, in-12, mar. vert à long grain, fil. tr. dor., figures. (Ducastin.) 20 fr.

3855. **Carcassonne** (Adolphe.) Scènes à deux. Paris, P. Ollendorff, in-12, demi-rel. mar. rouge. 2 fr.

3856. **Caricatures et charges** d'antiquaires et voyageurs en Italie, par Tommaso Patch. S. l., 1768-1770, in-fol., demi-rel. chag. rouge. 100 fr.

52 portraits-charges gravés en imitation des dessins : Sterne, Spencer Drapper, baron Stosch, Ant. Léoni, etc.

3857. **Carré** (le comte Louis de). Etudes sur l'histoire du gouvernement représentatif en France de 1789 à 1848, Paris, Didier, 1855, 2 vol. in-8, br. 5 fr.

3858. **Carrière** (le d[r] Ed.) Le climat de l'Italie, sous le rapport hygiénique et médical. Paris, Baillière, 1849, in-8 br. 2 fr.

3859. **Casanova**. Mémoires de Jacques Casanova de Semgalt, écrits par lui-même. Edition la seule complète. Bruxelles, Rozez, 1879, 6 vol. in-12 demi-veau viol. avec coins tr. peig. 25 fr.

3860. **Cassini**. Carte de la France, publiée sous la direction de l'Académie des sciences, par J. Dom. Cassini de Thury, Camus et Montigny. S. l. n. d. (Paris, 1744-1787), 2 vol. gr. in-fol., cartes gravées et montées sur onglets, veau écaillé, fil. tr. marb. 140 fr.

Bel exemplaire assemblé et classé.

3861. **Célestine** (la) fidellement repurgee et mise en meilleure forme par Jacques de Lauardin, tragicomedie iadis Espagnole composee en reprehension de fols amoureux... aussi pour descouurir les tromperies des macquerelles et l'infidélité des meschans et traistres seruiteurs. A Paris, pour Gilles Robinot, 1578, in-16 de 12 ff. lim. et 283 pages, mar. vert, fil., dos orné, dent. int., tr. dor. (Belz-Niedrée.) 60 fr.

Exemplaire court de marges. Cachet sur un feuillet.

3862. **Cent chefs-d'œuvre** des collections françaises et étrangères, préface par G. Lafenestre, poémes et proses par Roger-Miles. Paris, G. Petit, 1892, in-fol. en feuilles dans 1 carton. 60 fr.

Publié à 150 fr. Nombreuses reproductions dans le texte et hors texte. Tiré à 500 exemplaires.

3863. **Cent Nouvelles nouvelles** (Les). Suivent les cent nouvelles, contenant les cent histoires nouveaux qui sont moult plaisans à raconter, en toutes bonnes compagnies... Cologne, Amsterdam, P. Gaillard, 1701, 2 vol. pet. in-8 mar. rouge dos orné, fil. et comp. à la Du Seuil, dent. int., tr. dor. (Capé.) 120 fr.

Bel exemplaire du premier tirage de cette édition recherchée, avec les figures de Romain de Hooghe dans le texte.

3864. **Cérémonies** et coutumes religieuses de tous les peuples du monde, représentées par des figures dessinées et gravées par Bernard Picart et autres habiles artistes. Amsterdam et Paris, Laporte, 1783, 3 vol. in-fol. 222 planches. — Superstitions de tous les peuples du monde, ou tableau philosophique des erreurs et des faiblesses dans lesquelles les superstitions, tant anciennes que modernes, ont précipité les hommes de la plupart des peuples du monde. Amsterdam et Paris, Laporte, 1783, 1 vol. in-fol., 42 planches. Ensemble 4 vol. in-fol., demi-veau fauve. 60 fr.

264 planches.

3865. **Cervantes**. De Voornaamste geralten van den wonderlyken. Don Quichot, door den beroemden den Picart, den Romein. In's Hage, by Pieter de Hondt, 1746, in-fol. demi-veau, avec coins, n. rog. 60 fr.

31 figures par Boucher, Cochin, Coypel, Lebas, Picart et Tremolières, gravées par Folke, Picart, V. Schely et Tanje. Texte hollandais. Quelques piqûres.

3866. **Cervantes** (Miguel de). El ingenioso Hidalgo Don Qinxote de la Mancha. Nueva édicion corrigida por la Real, Academia espagnola. Madrid, D. Joaquim Ibarra, 1780, 4 vol, in-4, mar. rouge, fil. tr. dor., dos orné. (Chambolle Duru.) 400 fr.

2 frontispices, 1 portrait, 14 lettres ornées, 22 en-têtes ou vignettes, 20 culs-de-lampe et 31 figures dessinées par Barramo, Brimette, del Castillo, Ferro et Gil, gravées par Ballester, Barcelon, Fabregat, Muntaner, Salvator y Carnvana et Selma.
Très bel exemplaire.

3867. **Cervantès**. L'ingénieux hidalgo don Quichotte de la Manche. Traduit et annoté par Louis Viardot. Paris, Dubochet, 1836, 2 vol. gr. in-8 demi-mar. vert avec coins, tête dor n. rog. 40 fr.

Vignettes de Tony Johannot. Quelques piqûres.

3868. **Cervantès**. L'ingénieux hidalgo don Quichotte de la Manche, trad. de Louis Viardot. Paris 1863, 2 vol., in-fol. demi-chag., La Vall., plats, toile tr. dor, 70 fr.

Exemplaire du 1er tirage avec 380 dessins de G. Doré, gravés par Pisan.

3869. **Cervantès**. Suite complète de 24 gravures in-18 d'après Lefebvre et Le Barbier pour illustrer don Quichotte. 25 fr.

3870. **Champollion Figeac**. Les poésies du duc Charles d'Orléans, publiées sur le manuscrit de la bibliothèque de Grenoble, conféré avec ceux de Paris et de Londres. Paris, 1842, in-12, demi-chag. La Val. 4 fr.

3871. **Charavay** (Et.). C. Baudelaire et Alf. de Vigny, candidats à l'Académie. Paris, Charavay, 1879, petit in-8 br. port. 3 fr.

3872. **Chardon** (C. E. R.). Le Droit de chasse françois, ouvrage renfermant la loi nouvelle sur la police de la Chasse. Paris, Thorel, 1845, in-8, cart., dos et coins de mar. La Vall., n. rog. 7 fr.

3873. **Cladel**. (Léon). Pierre Patient. Paris, H. Oriol 1883, in-12, br., papier teinté, couv. ill., figures. 2 fr.

3874. **Code** des chasses, ou nouveau traité du droit des chasses suivant la jurisprudence de l'ordonnance de Louis XIV du mois d'août 1669. Paris, Saugrain, 1734. 2 vol, in-12, veau. 5 fr.

3875. **Corneille**. Le Théâtre de P. Corneille. Nouvelle édition, enrichie de figures en taille-douce. Amsterdam, 1740, 5 vol. in-18. — Le Théâtre de Thomas Corneille. Nouvelle édition enrichie de figures en taille-douce. Amsterdam, 1740, 5 vol. Ensemble 10 vol. in-18. fig., mar. citron. dos ornés, tr. dor. (Rel. anc.) 200 fr.

3876. **Corneille** (P. et Th.). Le Théâtre, revu et corrigé, et augmentée de diverses pièces nouvelles, suivant la copie imprimée à Paris, 1689-92, 9 vol. in-12, veau ant. granit. 25 fr.

3877. **Corneille** (P.). Théâtre de P. Corneille, revu et corrigé par l'autheur. Imprimé à Rouen et se vend à Paris chez Aug. Courbé et Guill. de Ligne, 1660, 3 vol. in-8, veau. 70 fr.

Portrait, frontispices et figures gravés. 1re édition avec les titres et frontispices de la même date. Exemplaire dans sa condition primitive, très grand de marges.

3878. **Correspondance** authentique de la cour de Rome avec la France, depuis l'invasion de l'Etat romain jusqu'à l'enlèvement du Souverain Pontife. Paris, 1814, in-8, br. fort. 2 fr.

3879. **Correspondance** et écrits de S. M. Louis XVIII, roy de France et de Navarre. Paris, Rapilly, 1824. pet. in-12, demi-mar. gren., n. rog. 3 fr.

3880. **Coulanges** (le mis de). Recueil de chansons choisies. Seconde édition revue, corrigée et augmentée. Paris, S. Bernard, 1698, 2 vol. in-12 mar. rouge. fil., tr. dor. 45 fr.

Reliure ancienne très fraiche.

3881. **Courier** (Paul-Louis). Œuvres. Paris, Lemerre. 1880, in-12, br., papier Watmann. 8 fr.

Portrait gravé à l'eau forte par Monzies, tiré en bistre et en noir.

3882. **Courtivron** (Vte de). Traité de Natation. Essai sur son application à l'art de la guerre, 3e édit., augmentée d'un Précis historique de la Natation chez les peuples anciens, etc., ornée de lithographies par MM. Gudin. Paris, Pihan de la Forest, 1836, in-8, demi-rel. dos et coins de chag. orange poli. 7 fr.

3883. **Crétin** (Guillaume). Les poésies. Paris, Coustelier, 1723, in-12, mar. viol. fil. à froid, dent. int. tr.dor. 7 fr.

3884. **Cyrano-Bergerac**. Voyages fantastiques, publié avec une introduction et des notes par Marc de Montifaud. Paris, Jouaust, 1875, in-12, br., papier vergé. 5 fr.

3885. **Daudet** (Alphonse). Les Rois en exil. Paris, Dentu, 1890, in-12, br. 12 fr.

Illustration de Bieler, Conconi et Myrbach. Ex. sur papier du Japon.

3886. **Daudet** (Alph.). Port Salvation or the Evangelist Translated by, C. Hary Meltzer. London 1883, 2 vol. in-12, cart, n. rog. 4 fr.

3887. **Delvau** (Alf.). Mémores d'une honnête fille. Paris, Ach. Faure, 1866, in-12, demi-mar. citron avec coins, tête dor. n. rog., dos orné couv. 12 fr.

Portrait de l'auteur par G. Stall.

3888. **Delvau** (Alfred). Les Lions du jour, physionomies parisiennes. Paris, Dentu, 1867, in-12, demi-veau tr. jasp. 5 fr.

3889. **Deschamps**. Voyage à travers mon atelier. Paris, Jouaust, 1879, in-12, br. 2 fr.

Frontispice gravé à l'eau-forte.

3890. **Detaille** (Ed.). Types et uniformes de l'armée française. Texte par J. Richard. Paris, Boussod et Valadon, 1885-89. 16 livraisons in-fol., pl. noires et color. 400 fr.

Bel exemplaire. Etat de neuf.

3891. **Dezobry** et Th. **Bachelet**. Dictionnaire général de biographie et d'histoire, de mythologie, de géographie ancienne et moderne comparée des antiquités et des institutions grecques, romaines, françaises et étrangères. Paris, Delagrave, 1869, 2 vol. gr. in-8, demi-rel., chag. bleu avec coins. 18 fr.

3892. **Didot** (Firmin). Etude sur Jean Cousin, suivie de notices sur Jean Leclerc et Pierre Wœiriot. Paris, Didot, 1872. in-8 br. 3 fr.

Portraits.

3893. **Draper** (J. W.). Les conflits de la science et de la religion. 8e édition, Paris, F. Alcan, 1888, in-8, cart. de l'auditeur. 3 fr.

3894. **Dreux du Radier**. Tablettes anecdotes et historiques des rois de France depuis Pharamond jusqu'à Louis XV. Paris, 1759. 3 vol. in-12, veau fauve, fil., tr. dor. 6 fr.

Bel exemplaire.

3895. **Droz** (Gustave). Babolain, Paris, Hetzel, 1872, in-12, percal., cart. Bradel, n. rog., couv. 5 fr.

Edition originale.

3896. **Dubeux**. Tartarie, Béloutchistan, Boutan, Népol et Afghanistan. Paris, Didot, 1848, in-8 dem. veau fauve, tr. jasp., figures. 3 fr.

3897. **Dubut de Laforest**. Le Faiseur d'hommes ; avec une préface de M. G. Barral. Paris, Marpon, 1884, in-8, dem. veau gren. 3 fr.

3898. **Dudrézène** (Melle S. A.) Les armoricaines. Paris, Raynal, 1833, 2 vol. in-8, dem. maroq. rouge. 7 fr.

3899. **Dufresnoy** et l'abbé **De Marsy**. L'école d'Uranie, ou l'art de la peinture, traduit du latin par De Querlon. Paris, 1753, in-12. mar. rouge, dent. int., tr. dor. (Châtelin). 7 fr.

3900. **Dulaure**. Esquisses historiques des principaux événements de la Révolution française depuis la Convocation des Etats-généraux jusqu'au rétablissement de la maison de Bourbon. Paris, 1825, 6 vol. in-8, dem. rel. non rog. 18 fr.

Nombreuses figures.

3901. **Dumas** (Alex.). Gaule et France. Paris, U. Canel, 1833, in 8, demi-veau fauve. (Capé). 8 fr.

Edition originale.

3902. **Dumas** (fils). La Dame aux Camélias. Paris, Quantin, 1887, in-4, br. 35 fr.

Superbe publication, ornée d'une très jolie couverture coloriée d'après Lynch, 30 en-têtes de chapitres en héliogravures et 10 eaux-fortes hors texte par Champollion et Massé.

3903. **Dumas** (A.) Théâtre complet. Paris, C. Lévy. 1879, 7 vol. in-12, dem. percaline, n. rog. 16 fr.

3904. **Dumas** (Alex. fils). La question du divorce. 6e édition. Paris, Calmann Lévy, 1880, in-8 br. 3 fr.

3905. **Du Moncel**. De Venise à Constantinople à travers la Grèce et retour par Malte, Messine, Pizzo et Naples. Paris, Gide, s. d., in-folio obl., demi-rel. 30 fr.

Contenant 51 planches en lithographie.

3906. **Dunker**, graveur. Esquisses pour les artistes et amateurs des arts sur Paris, nonante et six figures gravées à l'eau-forte dont l'explication se trouve dans le tableau de Paris, par Mercier Yverdon, 1786, in 4 cart., dem. perc., n. rog. 180 fr.

1 front. et 95 fig. à l'eau-forte gravées par Dunker. Superbe suite du 1er tirage in-4. On y a ajouté le portrait de Séb. Mercier, gravé par Henriquet d'après Pujos.

3907. **Dupin** (Charles). Force militaire de la Grande-Bretagne. Paris, Bachelier, 1820, 3 vol. in-4, demi-cuir de Russie, tr. marb. 15 fr.

3908. **Du Pleix** (Scipion). Les Causes de la veille et du sommeil, des songes et de la vie et de la mort. Paris, Vve Dominique Salis, 1609, in-12 vélin. 6 fr.

3909. **Duplessis** (G.). Histoire de la Gravure en Italie, en Espagne, en Allemagne, dans les Pays-Bas, en Angleterre et en France. Suivie d'indications pour former une collection d'estampes. Paris, Hachette, 1880, in-4, veau fauve, tête dor., n. rog. 40 fr.

73 reproductions de gravures anciennes. L'un des 50 ex. sur papier Watmann.

3910. **Duplessis-Bertaux**. Recueil de cent sujets de divers genres composés et gravés à l'eau-forte. 1814, in-4 oblong, cart. 110 fr.

3911. **Durand** (H.). Le Danube allemand et l'Allemagne du sud, voyage dans la Forêt-Noire, la Bavière, l'Autriche, la Bohême, la Hongrie, l'Istrie, la Vénétie et le Tyrol. Tours, Mame, 1863, in-8, dem. rel. chag. rouge, tr. dor. 3 fr. 50

Nombreuses illustrations.

3912. **Du Rosoi**. Les Sens, poème en six chants. Londres (Paris), 1766, in 8 mar. bleu, fil., dent. int. tr. dor., dos orné. (Capé). 100 fr.

6 figures sur 7 (le frontispice manque) par Eisen et Wille ; 6 vignettes dont 3 d'Eisen et 3 de Wille et 2 culs-de-lampe par Eisen.

Bel exemplaire relié sur brochure.

3913. **Du Sommerard**. Recueil de 40 planches in fol. lithogr., représentant des monuments civils à l'époque du moyen-âge et de la renaissance. 30 fr.

3914. **Du Sommerard**. Recueil de 40 planches in-fol. représentant des tapisseries, étoffes, ornements d'église, costumes, vitraux, faïences, mosaïques à l'époque du moyen-âge et de la Renaissance. 30 fr.

3915. **Du Sommerard**. Recueil de 60 planches in-fol. représentant des miniatures, manuscrits, dessins à l'époque du moyen-âge et de la Renaissance. 40 fr.

3916. **Du Sommerard**. Recueil de 60 planches in-fol. lithogr., représentant des monuments religieux à l'époque du moyen-âge et de la renaissance. 40 fr.

3917. **Dutuit**. Union centrale de Beaux-Arts. Exposition du Palais de l'Industrie. Souvenir de l'exposition de M. Dutuit (extrait de sa collection). Paris, 1869, in-4, fig. et chromos, dem. rel. mar. grenat, tête dor., non rog. 35 fr.

3918. **Duval** (J.-B.). Les funérailles méditées et amour de la mort. Pour apprendre à bien mourir en vivant afin de parvenir à la vie éternelle. Paris. Eustache Foucault, 1609, in-12 mar. La Vall. jans., dent. intér., tr. anc. 40 fr.

Front. et 10 fig. grav. par L. Gaultier. Sur le titre, un nom coupé en haut de la marge et raccomodages.

3919. **Du Verdier** (Ant.). Les Diverses leçons, suivans celles de Pierre Messie, contenans plusieurs histoires, discours et faicts mémorables recueilliz des auteurs grecs, latins et italiens, augmentées en ceste troisiesme édition d'un sixiesme livre. Lyon. par Barthélemi Honorati, 1584, pet. in-8, mar. bleu, dent. int., tr. dor. 45 fr.

3920. **Duvergier de Hauranne** (abbé de Saint-Cyran). Considérations sur les dimanches et les festes des mystères, et sur les festes de la Vierge et des saints. Paris, chez la veuve Charles Savreux, 1670, 2 vol. in-8, mar. r., dos orné, dent. sur les plats, tr. dor. (Rel. anc.). 200 fr.

Bel exemplaire réglé, qui paraît être de provenance royale. Sur les plats de la reliure, très fraiche, se trouve une large dentelle fleurdelisée et sur le dos des L couronnés.

(Il provient des collections De Bure et R.-S. Turner.)

3921. **Edmond** (Ch.). Voyage dans les mers du Nord à bord de la corvette la Reine-Hortense. Paris, M. Lévy, 1863, gr. in-8, dem. mar. vert., tr. jasp. 10 fr.

Dessins de K. Girardet.

3922. **Eloges** (Les) des XII dames illustres grecques, romaines et françoises. Paris, J. du Bray, 1646, pet. in-4, vélin blanc, fil., dent., tr. dor. (Rel. anc.) 200 fr.

Jolie reliure bien conservée, aux armes d'Anne d'Autriche, veuve du roi Louis XIII, semés de fleurs de lys sur les plats.

3923. **Emblèmes**. Hadr. Junii medici Emblemata ; ejusd. Ænigmatum libellus. Antuerpiæ, ex offic. Christoph. Plantini, 1565, 2 part. en un vol. Pet. in-8, fig s. bois rel. pleine en maroq. rouge du Levant, à nerfs, fil., dent. int., tr. dor. 80 fr.

Les pages de ce volume sont dans des encadrements en forme d'arabesques et les gravures sur bois à mi-page dont il est orné peuvent rivaliser comme finesse d'exécution avec les célèbres illustrations lyonnaises du Petit-Bernard.

3924. **Encyclopédie** d'Architecture, revue mensuelle des travaux publics et particuliers ; publiée sous la direction d'un comité d'architectes et d'ingénieurs. Paris. A. Morel, s. d., 6 vol. in-4, cart. 25 fr.

De 1872 à 1875 compris.

3925. **Encyclopédie** liliputienne ou petits chefs-d'œuvre d'éloquence ; récréations littéraires. A Lilliput et à Paris, chez Cailleau, s. d.. (1780), 1 vol. in-24 carré, mar. vert, fil. à froid, non rog. 10 fr.

3926. **Entrée** de Charles IX à Paris, le 6 mars 1571. Paris, Aubry, 1858, in-8 mar. rouge, fil, tête dorée, non rog., papier teinté. 15 fr.

Réimpression à 50 exemplaires seulement.

3927. **Entrée** (L') pompeuse et magnifique du Roy Louis XIV en sa bonne ville de Paris, par N. I. T. Paris, impr. A. Cotinet. 1649, in-4, mar. r., dos et coins fleurdelysés, armes, tr. dor. (Petit). 30 fr.

3928. **Entrée triomphante** (L') de leurs majestés Louis XIV, roy de France et de Navarre, et Marie-Thérèse d'Autriche son espouse, dans la ville de Paris, capitale de leurs royaumes, au retour de la signature de la paix générale et de leur heureux mariage. Paris, P. Le Petit, 1662, in-fol. veau. (Rel. fatiguée). 80 fr.

Portrait, frontispice de Chauveau et 22 planches gravées par J. Marot et Chauveau d'après Lepautre et le port. de Louis XIV, par Poilly d'après Mignot ajouté.

3929. **Epinay** (Mme d'). Lettres à mon Fils. 1 vol. — Mes Moments heureux, 1 vol. Paris. Sauton, 1869, 2 vol. in-12 demi-percaline, n, rog., couv. 4 fr.

3930 **Escole** (L') parfaite des officiers de bouche, contenant : le vray maistre-d'hostel. — Le grand escuyer-tranchant. — Le sommelier royal. — Et le patissier royal. Paris, J. Ribou, 1666, in-12 veau fauve, fil. tr. marb., figures. 15 fr.

3931. **Espeisses** (D'). Les Œuvres de M. Antoine d'Espeisses, advocat et iurisconsulte de Montpellier... Dernière édition. Lyon, Jean Antoine Huguetan, 1666, 3 vol. in-fol., texte à 2 col., port., vign. sur le titre, mar. rouge, dos orné, fil. ((Rel. anc.) 35 fr.

3932. **Essais** de morale contenus en divers traités sur plusieurs devoirs importans. Paris, Desprez, 1714, 13 vol. in-12, mar. rouge, fil, tr. dor., dos orné. (Rel. anc.) 200 fr.

Exemplaire aux armes de la marquise de Bellay, née de Mortemart. Reliure très fraiche.

3933. **Estienne**. L'Agriculture et Maison rustique de MM. Ch. Estienne et Jean Liébault, revue et augmentée, plus un bref recueil des Chasses, etc. Rouen, Jean Bertelin, 1641. — La Chasse du loup, nécessaire à la Maison rustique, par J. Clamorgan, etc. Rouen, J. Berthelin, 1641, ensemble 1 vol. in-4, vél. bl. 45 fr.

Bon exemplaire, grandes marges, figures sur bois.

3934. **Etrennes** (Les) de la Saint Jean, 3e édition, revue, corrigée et augmentée par les Auteurs (le Comte de Caylus, le comte de Maurepas, Vadé, la Ctesse de Verrue, Moncrif, etc.) Troyes, Vve Oudot, 1751, in-12 veau marb., tr. rouge, port, 5 fr.

Armoiries sur les plats.

3935. **Etwas** für Alle. (Les occupations humaines). Nurnberg, Chr. Weigel, s. d. (vers 1700), in-12 vélin. 85 fr.

Recueil de 101 planches gravées sur Chine représentant tous les métiers et occupations humaines depuis le métier de Roi qui commence la série jusqu'à celui de fossoyeur qui la clôt. — Au-dessous de chaque planche on lit un sixain en allemand. — La planche 36 représente l'imprimeur et la 38e l'intérieur de l'atelier d'un relieur.

3936. **Excellettes** (Les), Magnifiques et Triumphan ; tes Croniques des treslouables et moult vertueux faictz de la saincte hystoire de bible du tres | preux et valeureux prince Judas machabeus ung des ix preux tresvaillant iuif. Et aussy de | ses quatre freres Jehan : Symon : Eleazar et Jonathas | tous nobles | hardyes vaillan macha | bées | filz du bienheureux prince et grand pontife Mathias. Lesquelz en diverses batailles | sièges | de villes, forteresses et assaulx de guerre ont subtillement et victorieusement demontres plusieurs | grans et merveilleux faictz d'armes... Le present volume contenant les deux livres des Machabées nouvellemēt translaté de latin en françois et imprimé par Anthoine Bonnemere marchant libraire demourant à Paris, à lenseigne de Sainct Martin rue sainct Jehan de Beaulvais, 1514, in-fol. goth., fig. en bois, mar. vert, comp. de fil., tr. dor. (Koehler). 650 fr.

Très bel exemplaire grand de marges de « l'édition originale » d'un roman de chevalerie dont le traducteur est Charles de Saint-Gelais.

3937. **Exploration** (L'). Revue des conquêtes de la civilisation sur tous les points du Globe. Années 1877-1884 inclusivement, formant 16 gros vol. gr. in-8, br. 40 fr.

Illustré d'un grand nombre de cartes et de plans.

3938. **Eyries** et **Sadoux**. Les châteaux historiques de la France, accompagné d'eaux-fortes, tirées à part et dans le texte. Paris, Oudin, 1879, 2 vol. in-fol., demi-chag. rouge avec coins n. rog. 100 fr.

3939. **Fabrice** (Hierosme). Œuvres chirurgicales de Hiérosme Fabrice d'Aquapendente fameux medecin, chirurgien, et professeur anatomique en la célèbre université de Padoue. Divisées en deux parties, dont la première contient le Pentatenque chirurgical, l'autre toutes les opérations manuelles qui se pratiquent sur le corps humain. Lyon, Huguetan, 1670, fort vol. in-8, veau, de 950 pp. environ, figures. 15 fr.

Ce livre occupe toujours un rang distingué parmi les meilleurs ouvrages anciens sur la Chirurgie.

3940. **Faerne** (Gabriel). Cent Fables choisies des anciens auteurs, mises en vers latins par Gabriel Faerne, et traduites par M. Perrault, de l'Académie françoise, avec de nouvelles figures en taille-douce. Nouvelle édition. A Londres, chez Guill. Darres et Claude Du Bosc, in-4, mar. vert, comp. à la Du Seuil, tr. dor. (Petit). 120 fr.

Ouvrage orné de cent figures très bien gravées.

3741. **Fallet**. Mes Bagatelles, ou les Torts de ma jeunesse, recueil sans conséquence ; contenant une nouvelle édition du Phaéton, d'autres poëmes et des pièces fugitives. Londres et Paris, Costard, 1776, in-8 veau, dos orné. 10 fr.

2 figures par Desrais, gravées par Chatelain et Marchand.

3942. **Faujas de Saint Fond**. Description des expériences de la machine aérostatique de MM. de Montgolfier. Paris, Cuchet, 1783, in-8, veau fauve ancien, fil. 10 fr.

Frontispice et 9 planches.

3943. **Febvre** (Michel). Théâtre de la Turquie, où sont représentées les choses les plus remarquables qui s'y passent aujourd'huy touchant les mœurs, le gouvernement, les coutumes et la religion des Turs ; le tout confirmé par des exemples et cas tragiques arrivez depuis peu, trad. d'italien en françois par son auteur Michel Febvre. Paris, chez Couterot, 1682, in-4, veau. 25 fr.

3944. **Félibien** des Avaux. Description de l'Eglise royale des Invalides. A Paris, (de l'impr. de J. Quillau), 1706, in-fol., pl. mar. rouge, dos orné, fil. tr. dor. (Rel. anc.) 100 fr.

Frontispice représentant les Invalides. Nombreux en-têtes, lettres ornées, culs-de-lampe, etc.

3945. **Fénelon**. Dialogue des Morts, composez pour l'éducation d'un prince. Paris, F. Delaulne, 1712, mar. gris, fil. à froid, dent. int., tr. dor. (Lacornée). 20 fr.

Edition originale.

3946. **Fénelon**. Les Aventures de Télémaque, Paris, de l'Imprimerie de Monsieur, 1785, 2 vol. gr. in-4, pap. vél., fig., veau marb., dos ornés, fil., dent. int., tr. dor. (Vellio). 180 fr.

Exemplaire contenant la suite des figures de Moitte, gravées au lavis par Parisot.

Aux armes du Marquis de Villeneuve Trans.

3947. **Figures** des histoires de la Saincte Bible, accompagnées de briefs discours, contenans la plus grande partie des histoires sacrées du Vieil et du Nouveau Testament. A Paris, chez Guillaume Le Bé, 1670, in-fol., fig., vélin. 40 fr.

Cette édition de la Bible de Jean Cousin et de Le Clerc contient 273 figures gravées sur bois. Raccommodages.

3948. **Filhol**. Galerie du musée Napoléon. Texte par Caraffe et Joseph Lavallée. Paris, Filhol, 1804 1815, 10 vol. gr. in-8, figures. — Galerie du musée de France. Texte par Lavallée, continué par Jal. Paris, Vve Filhol, 1828, gr. in-8, figures. — Ensemble 11 vol. gr. in-8, demi-mar. rouge, n. rog. 450 fr.

Bel exemplaire tiré sur papier vélin, avec les figures épreuves, « lettres grises ».

3949. **Flandin** et **Coste**. Voyage en Perse d'Eug. Flandin, peintre, et Pascal Coste, architecte, attachés à l'ambassade de France en Perse pendant les années 1840 et 1841. Paris, Gide et Baudry, 1853-1854, 6 vol. in-fol., demi-rel. mar. rouge, avec coins, dos ornés, ébarb. 550 fr.

344 planches montées sur onglets.

3950. **Flaubert** (Gustave). Œuvres complètes. Paris, Hébert, édition Quantin, 8 vol. gr. in-8, dem.-rel., veau brun, port. 50 fr.

3951. **Flaubert** (Gustave) Salammbo. Paris, Lévy, 1863, in-8, demi-maroq. rouge avec coins, tête dor. non rog. 25 fr.

Edition originale.

3952. **Flaubert** (Gust.). Salambô. Paris, Quantin, s. d., in-8 br. 10 fr.

10 compositions par A. Poirson, gravées à l'eau-forte par Mme Louveau-Rouveyre, L. Muller et G. Mercier.

3953. **Flavius** Joseph. Histoire des juifs écrite par Fl. Joseph, sous le titre de Antiquitez judaïques. Traduite par M. Arnaud d'Andilly. Amsterdam, G. Gallet, 1700, in-fol., à 2 col., bas. 15 fr.

Reliure fatiguée. Très propre intérieurement, front., figures à mi-page en taille-douce, cartes.

3954. **Flavius** Joseph. Histoire des Juifs, écrite par Flavius Joseph, sous le titre de Antiquitez Judaïques, 3 vol. — Histoire de la guerre des Juifs contre les Romains, par le même, traduite sur l'original grec par M. Arnauld d'Andilly. A Bruxelles, chez Fricx, 1781-1703, 2 vol — Ens. 5 vol. pet. in-8, front. et fig., mar. r., dos orné, fil., dent. int., tr. dor. (Chambolle-Duru.) 200 fr.

Exemplaire sur papier fort de cette édition très recherchée pour les nombreuses figures dont elle est ornée.

3955. **Flaxmann** (Giovani). L'Iliade l'Odissea d'Oméro. Le tragedie di eschilo. Le Giornate, et la Teogonia di esiodo. Firenze, 1826, in-4, obl., cart. 25 fr.

Recueil contenant 179 planches gravées au trait.

3956. **Flore** des Serres et Jardins de l'Angleterre, présentant toutes les plantes récemment introduites en Angleterre, et que font successivement connaître les ouvrages périodiques publiés sous les titres de « Botanical magazine, Botanical Register, Botanical Cabinet. Recueil publié sous la direction de M. Drapiez. Bruxelles, 1834-38, 6 tomes en 3 vol. in-4, dem. mar. chag. n. rog. 150 fr.

Nombreuses planches coloriées. Très bel exemplaire.

3957. **Foé**. La Vie et les Avantures surprenantes de Robinson Crusoé, contenant entre autres événemens, le séjour qu'il a fait pendant vingt et huit ans, dans une isle déserte, située sur la côte de l'amérique, près de l'embouchure de la grande rivière Oroonoque. Le tout ecrit par luimême. Traduit de l'anglois par Saint-Hyacinthe et Van Effen). A Amsterdam, chez l'Honoré et Chatelain, 1720-1721, 3 vol. in-12, fig. de Bernart et cartes, mar. rouge, fil., dos ornés, dent. int., tr. dor. (Trautz-Bauzonnet). 225 fr.

Bel exemplaire de l'édition originale de cette traduction.

3958. **Fontaine de Resbecq** (A. de). Voyages littéraires sur les quais de Paris. Lettres à un bibliophile de Province. Paris, Durand, 1857, in-12, dem. chag. lavall. 5 fr.

3959. **Fontenelle**. Œuvres diverses. Nouvelle édition, augmentée et enrichie de figures gravées par Bernard Picart le Romain. La Haye, Gosse et Neaulme, 1728-1729, 3 vol. in-fol., texte encadré, mar. rouge, tr. dor. (Thcuvenin). 150 fr.

Bel exemplaire tiré sur grand papier, 6 frontispices, dont 1 avec le portrait de Fontenelle et 174 vignettes et culs-de-lampe.

— Le même, 3 vol. in-fol. veau marbr. ant., papier ord. 45 fr.

3960. **Fonton** (Félix de). La Russie dans l'Asie-Mineure, ou campagnes du maréchal Paskevitch en 1828, et 1829, précédées d'un tableau du Caucause. Paris, 1840, gr. in-8, dem. cuir de Russie, tr. peig. 5 fr.

3961. **Food Journal** (The) a review of social and sanitary economy and monthly record of food and public health. Londres, Johnson, 1871-73, 3 vol. in-8, dem. veau fauve avec coins, tr. jasp. 25 fr.

Figures coloriées.

3962. **Formi** (Pierre). Traité de l'Adianton ou cheveu de Vénus contenant la description, les utilitez et les diverses préparations galéniques et spagyriques de cette plante pour l'usage familier de toute sorte de personnes, et la guérison de quelle indisposition que ce soit, par Pierre Formi, docteur en l'université de médecine de Montpellier, A Montpellier, par Pierre Du Buisson, 1644, in-8 de xvi et 80 pp., mar vert jans., dent. int., tr. dor. (Trautz-Bauzonnet). 75 fr.

Ouvrage rare et recherché.
Bel exemplaire réglé.

3963. **Fortoul** (H.) Fastes de Versailles, Paris, A. de Vresse, 1857, in-8 cart. toile, tr. dor. 5 fr.

Illustrations hors texte.

3964. **Fougères** (Les), choix des espèces les plus remarquables pour la décoration des serres, parcs, jardins et salons, précédé de leur histoire botanique et horticole, par MM. Aug. Rivière, E. André et Roze. Paris, Rothschild, 1867, 2 vol. gr. in-8, demi-rel., mar. vert, dos et coins, têtes dor., n. rog. (David). 60 fr.

Nombreuses planches coloriees.

3965. **Fouquet**. Œuvres. S. L. 1665-1668, à la Sphère, caractères elzéviriens, 15 vol. pet. in-12, veau fauve, dent. à froid. tr. dor. 60 fr.

Comprenant : Recueil des défenses de de M. Fouquet, 1665, 2 vol. — De la production de M. Fouquet contre celle de M. Talon, 1665, 3 tomes en 2 vol. — Réponse de M. Fouquet à la réplique de M. Talon. 1665, 1 vol. — Production de M. Fouquet contre celle de M. Talon sur le fait de Belle-Isle, 1667, 1 vol. — Continuation de la production de M. Fouquet pour servir de réponse à celle de M. Talon sur le prétendu crime d'Estat, 2 vol. — Continuation de la production sur les procez-verbaux. 1667, 2 vol. — Inventaire des pièces baillees à la chambre de justice par M. Fouquet contre M. le procureur général, pour répondre à quelques procez-verbaux par luy produits. 1667, 2 vol. — Factum de M. Fouquet, 1666, 2 part. en 1 vol. — Conclusion des Défenses de M. Fouquet, 1668, 1 vol. — Observations sur un manuscrit intitulé « Traitté du Peculat, », 1666, 1 vol.

3966. **Fournaris** (F. de). Angélique, comédie de Fabrice de Fournaris, Napolitain, dit le Capitaine Cocodrille. comique confident, mis en françois, de langue italienne et espagnole, per le sieur L. C. Paris, Abel l'Angelier, 1599, in 8, mar. citr., tr. dor. (Derome). 30 fr.

Bel exemplaire de M. de Soleinne. Pièce rare.

3967. **Fourneau** (Nicolas). L'art du trait de charpentier. Rouen, Dumesnil, 1767-1770. 3 part. en 1 vol. in-fol. dem. veau. 20 fr.

95 planches montées sur papier bleuâtre.

3968. **Foy** (Le général) Histoire de la guerre de la Péninsule sous Napoléon, précédée d'un tableau politique et militaire des puissances belligérantes. Paris, Baudoin, 1827, 4 vol. in-8, dem-veau. 12 fr.

Mouillures à quelques pages.

3969. **Français** (Les) peints par eux-mêmes, types et portraits humoristiques à la plume et au crayon, mœurs contemporaines. Paris, Philippart, s. d., 4 tomes en 2 gros vol. gr. in-8, dem. mar. grenat, texte à deux colonnes. 15 fr.

Edition populaire illustrée.

3970. **Freschot** (Casimir). Histoire amoureuse et badine du Congrès et de la ville d'Utrech, en plusieurs lettres écrites par le domestique d'un des plénipotentiaires à un de ses amis. A Liège, chez Jacob Le Doux, s. d., pet. in-12, front. gravé, mar. rouge, fil., dos orné, dent., tr. dor. (Hardy). 30 fr.

3971. **Froidour**. Nouvelle Instruction pour les Gardes généraux et particuliers des eaux et forêts, pêches et chasses, avec une manière très facile pour dresser leurs procès-verbaux et rapports, conformément à l'ordonnance du mois d'août 1669, etc., nouvelle édition, augmentée de près de moitié et jusqu'à présent. Paris, Prault, 1765, in-12, demi-rel. veau marb., dos orné, tr. r. (Foucquier). 10 fr.

3972. **Froissart** (Jehan). Le premier (second et tiers) volume de l'histoire de messire Jehan Froissart. Reveu et corrigé sus divers et suyvant les bons auteurs, par Denis Sauvage de Fontenailles en Brie, historiographe du très cretien roy Henri IIe de ce nom. A Lyon, J. de Tournes, 1559, 2 vol. in-fol., veau fil, dos orné (rel. anc.). 80 fr.

Bel exemplaire.

3973 **Froissart**. Les Chroniques publiées pour la Société de l'histoire de France par Siméon Luce. Paris, 1869-72, 7 vol. in-8, brochés. 60 fr.

Excellente édition.

3974. **Frond** (B.). Panthéon des illustrations françaises au XIXe siècle, contenant un portrait, une biographie et un autographe de chacun des hommes les plus marquants. Paris, A Pilon, petit in-fol., demi-chag. rouge, plats toile, tr. dor. 12 fr.

Tome 1er seul.

3975. **Gachard.** Don Carlos et Philippe II. 2e édition revue et corrigée. Paris, M. Lévy, 1867, in-8, dem. veau fauve, tête dor., n rog , port. 4 fr.

3976. **Gaguini** (R. Patris Roberti). Quas francorum regum gestis scripsit annales. Necnon Huberti Velleii senatorijaduocati cosertu aggere. Impressum Parisiis per Johannem Cornillau, pro Petro viard, M.CCCCCXXI (1521)) in 8, mar. brun. compart. et arabesques, fers à froid, fermoirs. (Rel. anc.). 100 fr.

3977. **Gaillardises.** Contes Joyeux, en vers, par divers auteurs. Lutèce, 1874, in-8 en demi-mar. vert. tête dor., non rog. 10 fr.

Très curieux recueil.

3978. **Galerie Choiseul.** Cabinet Choiseul ou recueil d'estampes gravées d'après les tableaux du cabinet de Mgr le duc de Choiseul par les soins du Sr Basan. Paris, l'auteur, 1771, in-4 veau écaille, fil. tr. dor. 300 fr.

Contenant 1 titre par Choffard, une dédicace gravée, un portrait du duc de Choiseul, non signé, une description des tableaux en 12 pages gravées et 128 pl., cachet sur le titre.

3979. **Galerie** des peintres Flamands, Hollandais et Allemands, gravée (de 1777 à 1792), sous la direction de M. Lebrun, peintre. Paris, chez l'auteur, et chez Poignant, Amsterdam, Fouquet, 1792, 3 vol. in-fol. veau rac. dent. tr. dor. dos orné, (rel. anc.). 600 fr.

201 planches gravées par les plus habiles artistes de France, de Hollande et d'Allemagne. Splendides épreuves. Bel exemplaire.

3980. **Galibert** (Léon). L'Algérie ancienne et moderne depuis les premiers établissements des Carthaginois jusqu'à la prise de la Smalah d'Abd-el-Kader. Paris, 1844, 1 tome relié en 2 vol. gr. in-8, demi-rel. chag. 8 fr.

Vignettes de Raffet.

3981. **Gallais.** Histoire de la Révolution du 20 Mars 1815, ou 5e et dernière partie de l'histoire du 18 brumaire et de Buonaparte. Paris, 1815, in-8. demi-veau gris. 2 fr.

3982. **Gallay** (J.). Les Luthiers Italiens aux XVIIe et XVIIIe siècles. Nouvelle édition du Parfait Luthier de l'abbé Sibire suivie de notes sur les maîtres des diverses écoles. Paris. 1869, in-12, demi-mar. rouge, tête dor., n. rog. 10 fr.

3983. **Gameron** (Edmond). La Cassette de Saint-Louis, roi de France, donnée par Philippe-le-Bel à l'abbaye du Lis. Reproduction en or et en couleur, accompagnée d'une notice historique et archéologique. Paris, J. Claye, 1855, in-fol., demi-mar. bleu, tête dor., n. rog. 30 fr.

6 planches coloriées.

3984. **Garcilasso de la Vega** (el Yuca). Historia general del Perù trata, el desculrimiento de el, y como le Gamaron, los Españoles: las guerras civiles que huvo entre Pizarros y Almayros solre la partija de la tierra. Castigo, y levantamiento de tyranos y ostros sucesos particulares que en la historia se contienen. En Madrid, en la officina real, 1722-1723, 2 vol. in-fol., bas. 60 fr.

3985. **Garnier** (Rob). Les tragédies de Rob Garnier, conseiller du Roy, lieutenant général criminel au siège présidial et sénéchaussée du Maine. Saumur, Thom. Portau, 1602, in-12. mar. viol. du Levant à nerfs, fil. dent. int. tr. dor. (Chambolle-Duru). 80 fr.

Bel exemplaire d'une édition rare.

3986, **Garnier** (Robert). Les Tragédies de Robert Garnier. conseiller du Roy... reveues et corrigées de nouveau. Rouen, R. du Petit Val, 1616, v. ant. marb. (Pasdeloup.) 35 fr.

Exemplaire aux armes du duc de La Vallière. Cachet de la Bibliothèque de Cayrol sur le titre.

3987. **Garnier** (Edouard). Histoire de la céramique, poteries, faïences et porcelaines chez tous les peuples, depuis les temps anciens jusqu'à nos jours. Tours, Mame, 1882, gr. in-8, br. 13 fr.

Illustration d'après les dessins de l'auteur. 2e édition augmentée de 4 chromolithographies.

3988. **Garsault** (Fr. A. de). Le Nouveau parfait maréchal, ou la connaissance générale et universelle du cheval, divisé en 7 traités. Rouen, Racine, 1787, in-4, veau, planches. 12 fr.

3989. **Gautier** (Th.). Emaux et Camées, seconde édition augmentée. Paris, Pincebourde, 1863, in-12 demi-mar. rouge avec coins, dos orné tête dor., n. rog. 14 fr.

Eau-forte de Thérond.

3990. **Gavarni**. Les Joyaux. Fantaisie

par Gavarni. Texte par Méry. Minéralogie des dames par le Cte Fœlix. Paris, G. de Gonet, s. d., 1850, gr. in-8, fig. Les Parures. Fantaisie par Gavarni, texte par Méry. Histoire de la Mode par le Cte Fœlix. Paris. G. de Gonet, s. d., 1850, gr. in-8, fig. Ensemble, 2 vol. gr. in-8, br. couv. 40 fr.

Exemplaire très frais avec les figures sur Chine, couvertures bien conservées.

3991. **Gayot** (Eug.). Le Chien, histoire naturelle, races d'utilité et d'agrément, reproduction, éducation, hygiène, maladies, législation. Paris, F. Didot et Cie, 1867, 2 vol. gr. in-8, dont 1 vol. d'atlas, demi-rel., dos et coins de mar. La Vall. foncé, fil., tr. peig. 16 fr.

L'atlas comprend 67 planches et 127 figures.

3993. **Gazette** de Champfleury. Paris, Blanchard, 1856, in-12, demi-veau. 2 fr.

1er Novembre 1856.

3993. **Gelu** (Victor). Œuvres complètes, avec la traduction littérale en regard, précédées d'un avant-propos de Frédéric Mistral et d'une étude biographique et critique par Aug. Cabrol. Marseille et Paris, 1886. 2 vol. in-4, demi-mar. bleu avec coins, tête dor., n. rog., dos de mosaïque, couv. (Pouillet). 40 fr.

Portrait gravé à l'eau-forte. L'un des 50 ex. en grand papier de Hollande.

3994. **Gendrin** (D. M.). Traité philosophique de médecine pratique. Paris, G. Baillière, 1838, 3 vol. in-8, demi-mar. rouge avec coins, tête dor., n. rog. (Belz-Niédrée). 15 fr.

3995. **Genealogies** (Les), effigies et epitaphes des roys de France recentement reueues et corrigées par l'autheur mesmes ; avecq, plusieurs aultres opuscules, le tout mis de nouveau en lumière par le dict autheur comme on pourra veoir en la page suyvante. On les vend à Poictiers chez Jacques Bouchet, 1545, in-fol., fig. sur bois, mar. rouge, fil., doublé de mar. à large dent., dos orné, tr. dor. (Niedrée). 350 fr.

3896. **Genlis** (Mme de). Arabesques mythologiques ou les attributs de toutes les divinités de la fable. Paris, Barrois, 1810, 2 vol. in-8, mar. rouge, fil. tr. dor. 30 fr.

Exemplaire en papier velin figures coloriées.

3997. **Geruzez**. Description historique et statistique de la ville de Reims, ouvrage divisé en 20 chapitres, histoire, gouvernement civil et ecclésiastique, sacre des rois, chapitres, abbayes et couvens, hôpitaux, coutumes antiquités, monuments modernes etc., Reims, 1817, 2 vol. in-8, demi-veau. 8 fr.

Orné de 20 gravures de dépliant.

3998. **Gessner**. Mort d'Abel, poëme traduit par Hubert. A Paris, chez Defer de Maisonneuve, 1793, in-4, demi-mar. citr. avec coins, dos orné, tête dor., n. rog. 70 fr.

Frontispice et 5 figures de Monsiau, en couleur, gravés par Colibert. Casanose et Clément.

3999. **Gessner**. Œuvres complettes. Paris, Bossange et Masson an V 1797, 3 vol. in-8, veau racine, fil. tr. dor. 10 fr.

Très joli exemplaire avec nombreuses vignettes.

4000. **Gessner**. Œuvres complètes, s. d., 3 vol. in-18, veau fil sur les plats tr. dor., port. 8 fr.

Frontispices de Marillier.

4001. **Gessner**. La Mort d'Abel, traduite en vers français et suivie du poëme du sacrifice d'Abraham, par J. L. Boucharlat Paris, Didot, 1818, in-18, demi-veau fauve avec coins, tête dor., n. rog., dos orné. 4 fr.

Figures.

4002. **Giardini** (Joan). Promptuarium artis argentariæ, ad cujuscumque generis vasa argentea ac aurea invenienda ac conficienda utile. Romæ, 1759, in-fol., demi-rel. dos et coins de mar. rouge, tr. dor. 220 fr.

Recueil de 100 planches gravées.

4003. **Gimenez Enrich**. Historia de los alfousos de Castilla y de Aragois y de los sucesos que han facilitado la legilima proclamacion de D. Alfonso XII. Barcelona s. d., 2 vol in-folio maroq. rouge, dos orné, fil., dent. int., tr. dor. 80 fr.

Très bel ouvrage avec lithographies représentant la dynastie des Afphonse d'Aragon : magnifique exemplaire de la reine Marie Christine de Bourbon, à ses armes, la reliure seule à coûté 200 fr.

4004. **Girardin** (Em. de). Emile. Paris, Librairie nouvelle, 1827-34, in-16, demi- percal. n. rog. couv. 2 fr.

4005. **Godard d'Aucourt**. Themidore. La Haye. 1772, 2 part. en 1 vol. pet. in-12. demi-veau fauve avec coins. 8 fr.

Ce roman est écrit d'un style léger et

qui n'est pas sans agrément on y trouve l'histoire du président Dubois. Très rare.

4006. **Gœthe**. Faust, 26 gravures d'après les dessins de Retsch. Paris, Audot, 1828, in-12 oblong, demi-mar. rouge avec coins, n. rog. (rel. de l'époque). 10 fr.

Figures au trait.

4007. **Gœthe**. Les souffrances du jeune Werther, traduites par le Comte Henri de La B... (La Bedoyère). Paris, Imp. Crapelet, 1845, in-8, br. 15 fr.

Figures de Tony Johannot.

4008. **Gœthe**. Le Faust, traduction revue et complète, précédée d'un essai sur Gœthe par H. Blaze. Paris, Dutertre et Lévy, 1847, gr. in-8, demi-chag. avec coins. 8 fr.

Portrait de Gœthe et 9 figures hors texte sur chine par Tony Johannot. Piqûres.

4009. **Goncourt** (Edm. et Jules de). Germinie Lacerteux. Paris, Quantin, 1886, in 4, dem. mar. gren. avec coins, tête dor., n. rog., couv. dos orné (Pouillet). 70 fr.

10 compositions par Jeanniot, gravées à l'eau-forte par L. Muller.

L'un des 100 ex. sur papier du Japon avec 2 suites des planches, avec lettre et avant lettre.

4010. **Goncourt**. L'Art au XVIIIe siècle. Paris, Quantin, 1883, 2 vol. in-4 en livraisons. (Publié à 100 fr.) 90 fr.

Cet ouvrage comprend les monographies des principaux maistres du XVIIIe siècle, forme 14 fascicules. Watteau, Chardin, Boucher-Latour, Greuze, Saint-Aubin, Gravelot, Cochin, Eisen, Moreau, Debucourt, Fragonard, Prud'hon. 70 grandes planches.

4011. **Goncourt**. (J. de). Eaux-Fortes, notice et catalogne de Philippe de Burty. Paris, librairie de l'Art, 1876, in-fol. en portefeuille. 55 fr.

L'un des 200 exexemplaires sur papier teinté, avec planches sur papier de Hollande.

4912. **Gonse** (Louis). Eugène Fromentin, peintre et écrivain, Ouvrage augmenté d'un voyage en Egypte. Paris, Quantin, 1881, gr. in-8, br. (neuf). 18 fr.

Portrait à l'eau-forte. Figures dans le texte.

4013. **Grille** (François). Miettes littéraires, biographiques et morales livrées au public avec des explications par T. Grille. Paris, 1853, 3 vol. in-12, cartonnés, demi-toile, non rognés. 6 fr.

4014. **Guessard** et de **Certain**. Le mistère du siège d'Orléans, publié pour la première fois d'après le manuscrit conservé à la bibliothèque du Vatican. Paris, Imp. Impériale, 1862, in-4, demi-chag. viol. 9 fr.

4015. **Gueudeville**. Critique générale des Aventures de Télémaque. Cologne, 1700, 1 vol. in-12, front. mar. viol. à long grain, dos et plats ornés, tr. dor. 16 fr.

4016. **Gueulette**. Les mille et un quart d'heure. contes tartares. Paris, Saugrain, 1723, 3 vol. in-12, veau. 5 fr.

Figures.

4017. **Guichard** (Ed.) et Er. **Chesneau**. Dessins de décoration des principaux maitres. Avec une étude sur l'art décoratif et des notices. Paris, Quantin, 1881, in-fol. dans un carton (neuf), au lieu de 125 fr. 50 fr.

Très beau volume comprenant 40 planches en taille-douce et en couleur accompagnées de 40 notices et une table biographique des artistes cités.

4018. **Guillemin** (Amédée) Le monde physique. Paris, Hachette, 1881-1885, 4 vol. gr. in-8, demi-chag. rouge, plats toile, tr. dor., reliure de l'éditeur. 50 fr.

Le tome 4 manque et le tome 5 est broché. Nombreuses vignettes dans le texte dont plusieurs coloriées. Publiées à 105 fr. br.

4019. **Guillet**. Les arts de l'homme d'épée ou le dictionnaire du gentilhomme. Paris, Clouzier, 1678, 3 part. en 1 fort vol. in-12, veau. 25 fr.

1re partie contenant l'art de monter à cheval. — 2e part. contenant l'art militaire expliqué. — 3e part. contenant l'art de la navigation, 1 figure pour chaque partie.

4020. **Guimar** (Michel). Annales nantaises ou abrégé chronologique de l'histoire de Nantes. Nantes an X de la république in-8, demi-mar. rouge avec coins. (696 pages). 10 fr.

Deux grandes planches pliées représentant divers monuments de la ville.

4021. **Guimet** (E.). L'Espagne lettres familières avec des post-scriptum en vers par H. de Riberolles. Paris, Cajani, 1864, in-folio cart. 35 fr.

50 gravures lithographiées.

4022. **Guimet** (Em.) Promenades Japonaises. Paris, Charpentier, 1878 80, 2 vol. in-4, demi-mar. rouge avec coins, tête dor., n. rog. 25 fr.

Dessins par F. Regamey.

4023. **Gumilla** (P. Joseph). El Orinoco

Achat de Bibliothèques

ilustrado, historia natural, civil, y geographica, de este gran rio y de sus caudelosas vertientes : Govierno, usos, y costumbres de los Indios sus habitadores, con nuevas, y utiles noticias de animales, arboles, frutos, resinas, raices médicinales etc. En Madrid. Fernandez, 1741, in-4, vélin blanc. 60 fr.

Figures et carte.

4024. **Gurney** (Joseph). Un hiver aux Antilles en 1839-40. Paris, Didot, 1842, in-8, demi rel. chag. 4 fr.

4025. **Guyard** de **Berville**. Histoire de Bertrand Du Guesclin, comte de Longueville, connétable de France. Paris, De Hansy, 1772, 2 vol. in-12, veau. 4 fr.

4026. **Guyot** (Mme). Amélie de Saint-Far ou la fatale erreur par Mme de C*** auteur de « Julie ou j'ai sauvé ma rose », 1882, in-8, br. 6 fr.

Roman Licencieux.

4027. **Gyp**. Œuvres. Paris, Lévy, 1889-1892. 9 vol. in-12, demi-rel. toile couv. 20 fr.

Comprenant : Petit Bob, 1 vol. — Autour du divorce. — Petit Bleu. — L'éducation d'un prince. — Autour du mariage. — Monsieur Fred. — C'est nous qui sont l'histoire. — Ohé la Grande vie. — Ces bons Docteurs.

4028. **Gynæceum**, sive theatrum mulierum in quo præcipuarum omnium per Europam in primis, nationum, gentium podulorumque, cuiuscunque dignitatis, ordinis, etc., artificiosissimis nunc primum figuris, neq usquam antehac pari elegantia editis, expressos a Jodoco Amano. Additis ad singulas figuras singulin octostichis Francisci Modii Brug. Francoforti, Sigismundi, Feyrabendii, 1586, in-4, fig., vélin. (rel. anc.) 550 fr.

Très jolie suite de 122 figures gravées sur bois par Jost Amman, représentant les costumes des femmes européennes au xvie siècle. Exemplaire du premier tirage de ce rare volume.

4029. **Hadriani Relandi**. Palaestina ex monumentis veteribus illustrata. Trajecti batavorum. G. Brœdelet, 1714, 2 vol. in-4, veau. 5 fr.

Figures et cartes.

4030. **Halévy** (Ludovic). Un mariage d'amour. Paris, Calman, Lévy, 1881, in-12, demi-maroq. gren. avec coins, tête dor. non rogné. 10 fr.

Envoi autographe de l'auteur 1re édition.

4031. **Halévy**. (Ludovic). Deux mariages. Un grand mariage. un mariage d'amour. Paris, C. Lévy, 1883, in-12, carré, br., pap. vélin. (sans couverture). 2 fr. 50

1re édition.

4032. **Halévy** (Ludovic). La famille cardinal. Paris, E. Testard, 1893, in-8, br. 30 fr.

Illustrations dans le texte de Ch. Leandre avec la suite d'eaux-fortes par Louis Muller dans 1 carton.

4033. **Hamilton** (Antoine). Œuvres. Paris, Humblot, 1762, 6 vol. in-12, veau. 8 fr.

4034. **Hamilton** (Ant.). Mémoires de Grammont et Contes. Paris, Furne, 1861, in-8, demi-veau, tr. jasp. 5 fr.

Portrait et Figures.

4035. **Hatin** (Eug.) Les Gazettes de Hollande et la presse clandestine aux xviie et xviiie siècles. Paris. Pincebourde, 1865, in-8, demi-chag. bleu, tête dor. n. rog. 7 fr.

Eau-forte de Ulm

4036. **Hatin** (Eug.). Bibliographie historique et critique de la presse périodique française. Paris, Didot, 1866, fort vol. gr. in-8, demi-chagr. lavall. tr. jasp., port. 6 fr.

4037. **Hecquet** (Philippe). Le Naturalisme des convulsions dans les maladies de l'épidémie Convulsionnaire. A Soleure, chez Andreas Gymniens à la Vérité de 1733. — Réponse à la lettre à un confesseur, touchant le devoir des médecins et des chirurgiens au sujet des miracles et convulsions, s. l. n. d., 35 pp. — Ensemble, 1 vol. in-12 veau. 6 fr.

4038. **Hedelin** (Fr.) Des Satyres, brutes monstres et démons de leur nature et adoration, contre l'opinion de ceux qui ont estimé les satyres estre une espece d'hommes distincts et separez des Adamiques. Paris, 1888, in-12, br. 5 fr.

Réimpression faite à 500 exemplaires seulement.

4039. **Hégésippe Moreau**. Œuvres inédites avec introduction et notes par Arm Lebailly. Paris, Bachelin, 1863, in-12 br., papier vergé. 2 fr.

Eau-forte par G. Staal.

4040. **Hénault** (le président). Nouvel abrégé chronologique de l'histoire de France. Contenant les événements de notre his oire depuis Clovis jusqu'à la mort de Louis XIV, les guerres, les batailles, les sièges etc. Paris, Prault, 1752, 2 vol. in-4, mar. rouge ancien, fil., dos orné, tr. dor. (Derôme). 180 fr.

1 fleuron sur le titre, 1 frontispice par Eisen, 1 titre frontispice par Boizot, 3 vignettes, 36 beaux culs-de-lampe par Cochin et 36 portraits par Boizot, de Leu, Robert, Thomassin et Van Loo, gravés par Aveline, Dupuis, Edelinch, Fessard, Ficquet etc.

Le tome 2 forme le supplément.

Très bel exemplaire en reliure ancienne, très fraîche.

4041. **Henry** (Th.) La Belle Miette. Paris, Librairie, Nationale, 1882, 2 vol. gr. in-8, demi-percal. argent avec coins, n. rog. 7 fr.

Nombreuses illustrations.

4042. **Heptameron** (L') || des nouvel || les de tres illu || stre et tres excellente || princesse Marguerite de Valois, || royne de Navarre, Remis en son vray ordre, confus au paravant, en sa première im || pression, et dedie à très illustre || princesse Jeanne, royne de de Navarre, || par Claude Gruget, Parisien. || A Paris, || pour || Vincent Sertenas, 1560, in-4, mar. bleu jans., doublé de mar. bleu, large dent., tr. dor. (Trautz-Bauzonnet). 550 fr.

Très bel exemplaire de la seconde édition donnée par Cl. Gruget.

4043. **Heptaméron** (L') des Nouvelles de Marguerite d'Angoulême, reine de Navarre, publié sur les mss. par les soins et avec les notes de MM. Le Roux de Lincy et A. de Montaiglon. Paris, Eudes, 1880, 4 tom. en 8 vol. in-8, fig. de Freudenberg, vign. et culs-de-lampe, br., couv. 120 fr.

L'un des 70 exemplaires tirés sur papier Van Gelder, avec 2 suites de gravures hors texte, en noir sur Japon, en bistre sur Van Gelder, publiée à 300 fr.

4044. **Herculanum** et **Pompéi**, recueil de peintures, bronzes mosaïques gravées au trait sur cuivre par Roux, avec un texte explicatif par Barré. Paris, Didot, 1861, 8 vol. gr. in-8, cart., non rogné. 65 fr.

Le tome VIII contient le musée secret.

4045. **Héro** et **Léandre** poème nouveau en trois chants, traduit du grec sur un manuscrit trouvé à Castro. Paris, Didot, l'aîné, 1801, in-4, dé broché, n. rog. (fatigué). 80 fr.

1 frontispice et 8 estampes en couleur, dessinés et gravés par De Bucourt.

4046. **Hervilly** (Ernest D'). Héros légendaires leur veritable histoire. Paris, Lemerre, gr. in-8, percal. tr. dor cart. de l'éditeur (neuf). 5 fr.

Edition illustrée de 160 dessins de H. Pille.

4047. **Hieronymi**. Mercurialis de arte gymnastica libri sex ; in quibus exercitationum omnium vetustarum genera, loca, modi, facultates et quidquid denique ad corporis humani exercitationes pertinet diligenter explicatur. Parisiis, 1577, in-4, veau. 50 fr.

Nombreuses figures sur bois.

4048. **Histoire** æthiopique d'Héliodore, contenant dix livres, traitant des loyales et pudiques amours de Théagène thessalien et Chariclea æthiopienne, nouvellement traduite de grec en français (par Jacq. Amyot). Paris, Sertenas, 1553, in-8, mar. la Vall. jans. dent. int. tr. dor. (Chambolle-Duru.) 35 fr.

4050. **Histoire** de la papesse Jeanne fidèlement tirée de la dissertation latine de spanheim. A La Haye, 1736, 2 vol. in-12, veau fauve, fil., (rel. anc.). 20 fr.

Bel exempl. contenant la figure de la procession.

4051. **Histoire** de l'Ecole Navale et des institutions qui l'ont précédée, par un ancien officier avec lettre du vice-amiral Jurien de La Gravière. Paris, Quantin, 1889, gr. in-8, demi-mar. gren. avec coins, tête dor. n. rog. 18 fr.

40 Compositions de Paul Jazet.

4052. **Histoire** de l'**Eglise**. Cathédrale de Rouen metropolitaine et primatiale de Normandie divisée en cinq livres. Rouen, 1686, in-4, veau. 25 fr.

Cet ouvrage recherché est du benedictin François Pommeraye auteur de bien d'autres bons ouvrages sur Rouen. Bon exemplaire.

4053. **Histoire** de Louis XI, roy de France et des choses mémorables advenues de son règne, depuis l'an 1460 jusqu'à 1483, autrement dicte la chronique scandaleuse, escrite par un greffier de l'Hostel de ville de Paris. Imprimé sur le vray original, 1820, in-4, veau marb. tr. jasp., figure. 15 fr.

Petite piqûre de ver à la marge susupérieure.

4054. **Histoire** des merveilleux faicts du preux et vaillant chevalier Artus de Bretaigne et des grandes Adventures où il s'est trouvé en son temps. Paris, Nicolas Bonfons, 1584, in-4, mar. vert, dent. sur les plats et dent. int. tr. dor. (Bozérian). 160 fr.

Exemplaire grand de marges et bien conservé d'une jolie édition en lettres rondes ; il provient des bibliothèques du

Prince d'Essling et du Prince Louis-Napoléon Bonaparte (Napoléon III), dont la bibliothèque fut vendue à Londres en 1848.

4055. — **Histoire** des modes françaises ou révolutions du costume en France, depuis l'établissement de la monarchie jusqu'à nos jours. Amsterdam et Paris, Costard, 1773, in-12, veau, fil., dos orné. 25 fr.

Avec le supplément contenant les recherches sur les chevelures artificielles. Très rare.

4056. **Histoire** du père La Chaize Jésuite et confesseur du roi Louis XIV, où l'on verra les intrigues secrettes qu'il a eues à la cour de France les particularitez les plus secrettes de sa vie, ses amours avec plusieurs dames de la première qualité etc. etc. etc. Bruxelles, 1719-1884, 2 vol. in-8, br. port., papier teinté. 8 fr.

Ouvrage satirique et qui présente le P. La Chaise, dans sa jeunesse, comme un homme assez joyeux.

4057. **Histoire** générale de l'Europe depuis la naissance de Charles Quint jusqu'au cinq juin MDXXVIII, composée par Robert Macqueriau. Louvain, 1765, 2 vol in-4, mar. vert, comp. à la Du Seuil, tr. dor. 45 fr.

Le tome second a été publié d'après le manuscrit autographe et inédit de M. Barrois en 1841.

4058. **Histoire** littéraire de la France où l'on traite de l'origine et du progrès de la décadence et du rétablissement des sciences parmi les Gaulois et parmi les François, par les religieux bénédictins de la congrégation de St Maur. Nouvelle edition par M. Paulin. Paris, Palmé, 1865-1869, 15 vol. — Table générale, 1875, 1 vol. — Ensemble, 16 vol. in-4 demi-mar. vert, tête dor, n. rog. 175 fr.

Bel exemplaire.

4059. **Histoires** (Les) de Dictis, Cretensien, traitant des guerres de Troye, et du retour des Grecs en leurs païs, après Ilion ruiné. Interprétées en françois, par Jan de La Lande, gentilhomme Breton. A Paris, pour Vincent Sertenas. 1556, in-8, mar. vert jans., dent. int., tr. dor. (Belz. Niedrée). 50 fr.

4060. **Homère**. Iliade et Odyssée. Traduction nouvelle accompagnée de notes, d'explications et de commentaires et précédée d'une introduction par Eug. Bareste. Paris, Lavigne, 1843, 2 vol. in-8, demi-mar. rouge avec coins, tr. peig. 20 fr.

Illustrations de A. Titeux et A. de Lemud. Exemplaire très propre.

4061. **Horace**. Quinti Horatii flacci carmina, cum annotat, gallicis Lud. Pansinet de Livry, regiæ Lotharingorum academiæ socii, Parisiis, Didot, 1777, 2 vol. in-8, mar. rouge, fil., dos ornés, tr. dor. (rel. ancienne). 50 fr.

Reliure excessivement fraîche.

4062. **Horae in Lavdem Beatissimae Virginis Mariae** ad vsum Romanvm. Lvgdvi, MDXLVIII, in-8 de 159 ff., lettres rondes, mar. brun, fil., dent., fers à froid, tr. dor. (Gruel-Engelmann.) 120 fr.

Ce volume est orné de 14 grandes figures gravées sur bois. Chaque page est entourée d'une bordure variée représentant soit des ornements, soit des motifs d'architecture.

4063. **Horatii**. Quinti Horacii flaci. Opéra. Londini, Johannes, Pine, 1733-1737, 2 vol. in-8, veau écaille, fil. 100 fr.

2 fleurons, 2 frontispices et 225 illustrations, grandes figures, vignettes et culs-de-lampe à sujets sans compter 27 en-têtes plus ou moins ornés.

4064. **Horatius**. Quintus Horatio Flaccus. Edidit J. Jones. Londini, apud Brotherton et J. Nourse, 1736, in-8, portrait et fig. mar. r. fil. doublé de tabis vert, tr. dor. (Rel. anc.) 20 fr.

Bel exemplaire en grand papier de Hollande.

4065. **Houdart** de **La Motte**, Œuvres. Paris, Prault, 1753-1754, 10 tomes en 11, vol. in-12, mar. vert, clair dent. tr. dor. (Bozérian). 350 fr.

Bel exemplaire en grand papier de Hollande, relié sur brochure. Des bibliothèques de M. de La Bedoyère et M. Lebeuf de Montgermont.

4066. **Houdetot** (Ad. d'). Braconage. Description des pièces et engins, moyen de les combattre et d'assurer la propagation de toute espèce de gibier. Paris, 1856, in-8, demi-mar. olive, tête dor., éb. 12 fr.

4067. **Houl** (Jean). Voyage pittoresque des iles de Sicile, de Malte et de Lipari, où l'on traite des antiquités qui s'y trouvent encore, des principaux phenomènes que la nature y offre, du costume des habitants et de quelques usages. Paris de l'imp. de Monsieur, 1782-1787, 4 vol. in fol. demi-veau fauve, n. rog 75 fr.

Très beau livre contenant 264 pl. dessinées et gravées à la manière du lavis par Houël.

4068. **Hubner** (Le baron de). Promenade autour du Monde, 1871. Paris, Hachette, 1877, in-4 br. neuf, non coupé. 25 fr.

Illustré de 316 gravures dessinées sur bois par nos plus célèbres artistes.

4069. **Hugo** (V.). Œuvres. Paris. Lemerre, 1875-79, 14 vol. pet. in-12, br. papier teinté. 40 fr.

Comprenant : Odes et Balades, Les Orientales, 2 vol. — Voix intérieures. Les Rayons et les Ombres. 1 vol. — Les Châtiments, 1 vol. — Chansons des Rues et des Bois, 1 vol. — Les feuilles d'Automne. Les chants du crépuscule, 1 vol. — La Légende des siècles 1re série, 1 vol. — Notre-Dame de Paris, 2 vol. — L'année terrible, 1 vol. — Théâtre, 4 vol.

4070. **Huysmans**. Croquis Parisiens, Paris, L. Vanier, 1886, pet. in-8, br. format agenda port. 2 fr.

La moitié du faux-titre est coupé.

4071. **Hypnerotomachia di Poliphilo**, cioe pugna d'amore in sogno. Dov' egli mostra, che tutte le cose humane non sono altro che sogno : et dove narra molt' altre cose degne di cognitione. Ristampato di novo et riccorretto con somma diligentia, a maggir commodo de i lettori. In Venetia. M. D. XXXXV. (A la fin :) In Vinegia, in casa de' figliuoti di Aldo, nell, ango M. D. XLV, 1545, in-fol. de 233 ff. non ch. fig. sur bois, vélin blanc, milieux dorés, tranche dorée ciselée. 500 fr.

Deuxième édition, contenant les mêmes figures que l'édition originale.
Bel exemplaire, dans sa reliure primitive.

La figure du Priape est intacte.

4072. **Hypnerotomachie** ou discours du songe de Poliphile, déduisant comme amour, le combat à l'occasion de Polia. Nouvellement traduict de langage italien en françois. Paris, Jacques Kerver, 1561, in-fol. titre avec encadr. nombr. fig. et vignettes gravées sur bois, letttres ornées v. ant. marbr. dos orné. (Krafft). 180 fr.

Troisième édition de cette traduction du Poliphile, ornée de jolies gravures sur bois, attribuées soit à Jean Goujon soit à Jean Cousin. Quelques raccommodages.

4073. **Icones historicæ** veteris et Testamenti carminibus latinis et gallicis illustratæ, in quibus exponitur historia in singulis exhibita figuris. Genève, J. de Tournes, 1681, 2 tomes en 1 vol. in 8, fig. v. ant. gran. 35 fr.

Cet ouvrage est orné des mêmes bois qui servirent à illustrer les Quadrins historiques de la Bible, et qui avaient été conservés dans la famille des de Tournes. Cette édition mérite d'être recherchée à cause des curieux détails donnés dans la préface sur le Petit Bernard.

4074. **Illustri** Fatti Farnesiani coloriti nel real Palazzo di Caprarola dai fratelli Taddeo Federico e Oltaviano Zuccari... disegnati e coll' acqua forte incisi in rame, da Giorgio Gasparo de Prenner. In Roma, nel 1748, gr. in-fol., veau fauve, large dent. à mosaïque, dos orné, tr. dor. (Riche reliure italienne du temps.) 350 fr.

Très belles épreuves. Exemplaire orné d'une belle reliure, enrichie d'une large dentelle peinte à mosaïque d'un dessin très curieux et fort original.

4075. **Il Malmantile** racquistato di Lorenzo Lippi. Parigi, Prault, 1768, in-12, titre gravé par J.-M. Moreau, portrait, mar. citron, dos orné, fil., n. r. (Bradel-Derome). 30 fr.

Très jolie reliure. Chaque feuillet est séparé de celui qui le suit par une feuille de papier sur laquelle se trouvent des notes manuscrites nombreuses qui facilitent l'intelligence du texte.

4076. **Isographie** des hommes célèbres ou collection de fac-simile de lettres autographes et de signatures exécutée et imprimée par Th. Delarue, lithog. sous les auspices de MM. Bérard de Chateaugiron, Duchesne. Thémisot et Berthier. Paris, Delarue, 1843, 4 vol. in-4, demi-rel. veau, non rog. 85 fr.

4077. **Italie** (L'), la Sicile, les îles Eoliennes, l'île d'Elbe, la Sardaigne, Malte, l'île de Calypso. Paris, Audot, 1835, 4 vol. gr. in-8, demi-veau fauve. 12 fr.

Nombreuses figures dans chacun des volumes.

4078. **Jacob** (P. Lacroix). Soirées de Walter Scott à Paris. 2e édition, Paris, Renduel, 1829, in-8, br., couv. n. rog., front. 6 fr.

4079. **Jacob** (P. L.). Mélanges bibliographiques. Paris, Jouaust, 1871, in-12, br. 6 fr.

Tirage à petit nombre sur papier vergé.

4080. **Jacobi** Gretseri societatis Jesu de Sacris et religiosis peregrinationibus libri quatuor. Ejusdem de catholica ecclesia processionibus seu supplicationibus libri duo. Quibus adjuncti de voluntaria flagellorum cruce, seu de disciplinarum usu libri tres. Ingolstadii, ex typographeo Adami Sartorii, 1606, 2 tomes en un vol. in-4, mar. r. fil. (Rel. anc.) 140 fr.

Bel exemplaire aux armes et aux chiffres de Colbert. Front. figures gravées.

4081. **Jacquemart**. Les Gemmes et

Joyaux de la Couronne du musée du Louvre, expliquées par M. Barbet de Jouy, membre de l'Institut, dessinés et gravés à l'eau forte d'après les originaux, par J. Jacquemart. Introduction par A. Darcel. Paris, Techener, 1886, in-fol., papier jésus vergé, demi-mar. rouge avec coins tête dor. n. rog. 225 fr.

60 pl. à l'eau forte avec texte explicatif. Le tout monté sur onglets. Bel exemplaire.

4082. **Jacquemin** (Louis). Monographie du théâtre antique d'Arles. Arles, 1862, 2 vol. gr. in-8, br. 5 fr.

4083. **Janin** (J.) Barnave. Paris, Levasseur, 1831, 4 vol. in-12 demi-mar. rouge, tête dor. n. rog. (Champs). 10 fr.

4084. **Janin** (J.). Rachel et la tragédie. Paris, Amyot, 1859, gr. in-4, portr. cart. n. rog. 20 fr.

Exemplaire sans les photographies, mais auquel on a ajouté 4 portraits de Rachel dont 3 coloriés, tirés de la Galerie dramatique, un portrait et un billet autographe de J. Janin. Tâches d'humidité au coin de quelques feuillets.

4085. **Janin** (Jules). Critique, portraits et caractères contemporains. Paris, Hachette, s. d., in-12 percaline n. rogné. 3 fr.

4086. **Janin** (Jules). Béranger et son temps. Paris, René Pincebourde, 1866, in-16, br. 8 fr.

Exemplaire sur papier de Hollande (n° 40), avec la double épreuve des portraits.

4087. **Janin** (Jules). Petits romans d'hier et d'aujourd'hui. Paris, Sauton, 1869, in-12, br., couv. impr. 2 fr.

Première édition, légère brûlure au faux-titre.

4088. **Japon**. Mémoires et anecdotes sur la dynastie régnante des Djogouns, souverains du Japon. Paris, Nepveu, 1820, in-8, demi-veau fauve. 20 fr.

Planches coloriées.

4089. **Jeannin** (le président). Ses négociations. Jouxte la copie de Paris, chez Pierre le Petit (Amsterdam). 1659, 2 vol. pet. in-12, mar. rouge, fil., dos ornés, dent int., tr. dor, (Capé). 75 fr.

Portrait.

4090. **Joubert** (J.). Pensees, essais et maximes, suivis de lettres à ses amis et précédés d'une notice, sur sa vie, son caractère et ses travaux. Paris, Gosselin, 1842, 2 vol. in-8, demi-chag. rouge avec coins, tr. peig., dos orné. 15 fr.

4091. **Journal** des Inspecteurs de M. de Sartines. Bruxelles et Paris, 1863, in-12, br. 5 fr.

Rare. Contient de très curieuses révélations sur le règne de Lonis XV.

4092. **Joyeuses aventures** (Les) et nouvelles récréations contenant plusieurs comtes (sic) et facetieux deuis. A Lyon, par Benoist Rigaud, 1582, in-16, mar. citron, milieu à mosaïque de mar. rouge et bleu, feuillages, dorure à petits fers, dent. int., tr. dor. (Trautz-Bauzonnet). 180 fr.

Bel exemplaire de ce livre rare. Ces contes et facetieux devis sont au nombre de 100 dont une partie est tirée des Contes de Des Périers.

4093. **Julyot** (Ferry). Les Élégies de la belle fille lamentant sa virginité perdue. Paris, 1883, in-12, br. (Au lieu de 10 fr.) 5 fr.

Réimpression complète de l'édition princeps (1557). La belle fille remercie le Seigneur de lui avoir donné des charmes qu'elle décrit fort en détail. Petit poëme fort licencieux.

4094. **Justini** historiarum ex trogo pompeio libri XLIV. Parisiis, J. Barbou, 1770, in-12, front., mar. rouge large, dentelle sur les plats, dos orné, tr. dor. 250 fr.

Reliure ancienne de Dérome d'une fraîcheur remarquable.

4095. **Kastner** (G.). Les Danses des morts, in-4, br. 10 fr.

Parémiologie musicale de la langue française, in-4, cart. 8 fr.

Les voix de Paris, in-4, br. 4 fr.

La Harpe d'Eole et la musique cosmique, 1 vol. in 4, br. 5 fr.

Les Chants de l'Armée française, 1 vol. in-4, br. 4 fr.

Les Sirènes, 1 vol. in-4, br. 5 fr.

Les chants de la vie, 1 vol. in-4, br. 4 fr.

Grammaire musicale, gr. in-8 br. 3 fr.

4096. **Labarte** (J.). Histoire des arts industriels au moyen-âge et à l'époque de la Renaissance. 2e édition. Paris, Vve A. Morel, 1872-75, 3 vol. in-4, br. 140 fr.

Ouvrage orné de planches en chromolithographie, en litho-photographie teintée sur chine et en litho-photographie sur chine. Vignettes sur bois intercalées dans le texte.

4097. **Labé**. Œuvres de Louise Labé Lyonnoise (publ. par F.-Z. Collombet). Lyon, chez Savy (imprimerie de L. Boitel), 1845, in-12, pap. vélin, mar. br. fil., dos orné, dent. int., tr. dor. (Trautz-Bauzonnet.) 75 fr.

Très rare.

4098. **Labé** (Louize). Œuvres de Louize Labé Lionnoize, (publiées par L. Cailhava et J.-B. Monfalcon). Paris. Imp. de S. Racon, 1853, in-8, papier vélin, fort mar. bleu à nerfs, milieu doré, dent. int., tr. dor. (Trautz-Bauzonnet). 50 fr.

Cette édition n'a été tirée qu'à 120 exemplaires numérotés à la presse. Très rare.

4099. **La Bedollière** et **Rousset**. Le bois de Vincennes. Paris, Lacroix, 1866, in-4, percal., tr. dor., ornements sur les plats. 7 fr.

25 belles photographies sur chine avec un texte explicatif, monté sur onglets très rare.

4100. **La Borde**. Essai sur la musique ancienne et moderne. Paris, Pierres, 1780, 4 vol. in-4, demi-veau, figures. 18 fr.

Le tome 4 est fortement mouillé.

4101. **La Bruyère**. Les caractères suivis des caractères de Théophraste. Paris, Lefèvre, 1818, 2 vol. gr. in 8, demi-veau, port. 18 fr.

Exemplaire en grand papier.

4102. **La Calprenède** (Coste de). La Cléopâtre, suivant la copie imprimée à Paris. Leyde, Sambix, 1648-1658, 12 part. en 6 vol. in-8, front. veau olive, dos orné, fil. (Muller, succ. de Thouvenin). 60 fr.

Roman de chevalerie très estimé.

4103. **La Chapelle** (Jean de). Marie d'Anjou, reyne de Mayorque. Nouvelle historique et galante. A Amsterdam, chez Abraham Wolfgang, 1680-168?, 2 parties en 1 vol. pet. in-12, mar. bleu, fil., dos orné, dent. int., tr. dor. (Masson et Debonnelle). 20 fr.

4104. **La chaussée** (Nivelle de). Œuvres de Monsieur de Nivelle de la Chaussée, nouvelle édition, corrigée, augmentée de plusieurs pièces qui n'avaient point encore paru. Paris, 1762, 5 vol. in-12, maroq. vert, fil., tr. dor. (Reliure ancienne.) 90 fr.

Bel exemplaire.

4105. **Lacroix** (Paul). XVIIIe siècle. Institutions, usages et costumes. France, 1700-1789. Paris, Didot, 1875, in-4. demi-mar. rouge avec coins, tête dor., n. rog. 45 fr.

Illustré de 21 chromolithographies et de 350 gravures sur bois.
Exemplaire en grand papier vélin.

4106. **Lacroix** (Paul). Costumes historiques de la France. Avec un texte descriptif précédé de l'histoire de la vie privée des Français depuis les temps les plus reculés jusqu'à nos jours. Paris, s. d., (1852), 10 vol. gr. in-8, demi-percal. avec coins, n. rog., couv. 120 fr.

640 gravures coloriées. Exemplaire bien complet. Très rare.

4107. **La Fare** (le Mis de). Mémoires et réflexions sur les principaux événements du siècle de Louis XIV et sur le caractère de ceux qui y ont eu la principale part, par M. L. M. D. L. F. Amsterdam, Bernard, 1749, in-8, mar. rouge, fil., dos orné, tr. dor. (Rel. anc.). 20 fr.

4108. **Lafontaine** Vingt estampes dessinées par Fragonard, Mallet et Touzé pour les contes. Paris, 1795, in-4 en feuilles. 250 fr.

Belles épreuves.

4109. **La Fontaine**. Contes | et | Nouvelles | en vers de M. de La Fontaine. | A Paris | chez Claude Barbin au | Palais, sur le second Perron | de la Sainte Chapelle | M. DC. LXVII (1667). | Avec Priuilège du Roy, in-12 de 11 pp. pour le titre et la Préface, 92 pp. et 1 f. pour l'Extrait du priuilège. — Deuxième partie | des Contes | et Nouuelles | en vers | de M. de La Fontaine | A Paris | chez Claude Barbin au Palais, | sur le second Perron de la Sainte | Chapelle M. DC. LXVII (1667). Auec privilège du Roy, in-12, de 11 pp. pour le titre et la Préface, 160 pp. et 2 ff. pour le Priuilège, 2 part. en 1 vol. in-12, mar. rouge, dos orné, fil., dent. int., tr. dor. (Duru.) 700 fr.

Charmant exempl. de Ch. Nodier. Seconde édition de la première partie et édition originale de la seconde, le tout « avec privilège. » Il parait que le « retr it » de ces privilèges fut accompagné de la suppression des exempl. demeurés du magasin, car ils sont devenus fort rares. (« Description raisonnée d'une jolie collection de livres. »)

4110. **La Fontaine**. Contes et Nouvelles en vers. Paris, Leclère, 1861, 2 vol. pet. in 8. mar. rouge fil., dent. int., tr. dor. (Schneider). 150 fr.

L'un des 100 ex. sur papier vergé, contenant la suite des vignettes de Duplessis-Bertaux en 3 états sur chine volant, en noir, en bleu, et en sanguine. On y a joint la suite de Lancret et celle de Fragonard, tirage moderne.

4111. **La Fontaine**. Fables choisies,

mises en vers, par M. de La Fontaine. A Paris, chez Denys Thierry, 1668, in-4, figures de F. Chauveau, dans le texte, mar. rouge, fil. à la Du Seuil, dos orné, dent. int., tr. dor. (Trautz-Bauzonnet). 1.000 fr.

Très bel exemplaire de l'édition originale des six premiers livres. — Hauteur : 251 milimètres.

4112. **La Fontaine.** Fables, avec figures gravées par MM. Simon et Coiny. Paris, Bossange, Masson et Besson, an IV (1796), 4 vol. in-8, veau ant., granit, fil., tr. dor. 110 fr.

1 frontispice et 275 figures. Bel exemplaire sur papier vélin.

4113. **La Fontaine.** Les Fables, illustrées à l'eau-forte par Delierre. Paris, Quantin, 1882, 2 vol. in-4, br., neufs en livraisons. (Publié à 150 fr.). 75 fr.

Magnifique édition d'amateur, tirée à petit nombre et imprimée sur papier à la cuve fabriqué spécialement pour cet ouvrage, enrichie d'ornements d'après Bérain. Publiée en 13 fascicules, contenant chacun un livre illustré de 6 grandes compositions à l'eau-forte, imprimées hors texte, plus 3 planches pour la préface, soit en tout 75 grandes gravures d'une haute valeur artistique.

4114. **Lafontaine.** Fables, 72 eaux-fortes d'après Oudry, gravées par Courtry, Greux, Lemaire, Le Rat, Martinez, Mongin, Monziès et Rousselle. Paris, Lemerre, gr. in-8 en feuilles dans un carton. 50 fr.

Suite sur chine avant la lettre, publiée à 100 fr.

4115. **La Fontaine.** Les Amours de Psyché et de Cupidon, poème. Paris, Leclère, 1863, 2 vol. in-12, demi-mar. rouge avec coins, tête dor., n. rog., dos orné, port. 25 fr.

Fig. de Moreau.

4116. **La Force** (Mlle de). Histoire de Marguerite de Valois, reine de Navarre. Paris, impr. de Didot l'aîné, 1783, 6 vol. in-12, mar. rouge, fil., dos ornés, tr. dor. (Rel. anc.). 75 fr.

4117. **La Grange-Chancel.** Les Philippiques, odes. Edition définitive, collationnée sur un manuscrit de l'époque avec remarques inédites. Paris, 1876, in-8, demi-mar. rouge avec coins, tête dor., n. rog. (Smeers). 10 fr.

4118. **Lamarck** (de). Histoire naturelle des animaux sans vertèbres, présentant les caractères généraux et particuliers de ces animaux, leurs classes, leurs familles, leurs genres, et la citation des principales espèces qui s'y rapportent, précédée d'une introduction. Paris, Baillière, 1835, 11 vol. in-8, demi-chag. viol., n. rog. 70 fr.

2 portraits de l'auteur, par Amb. Tardieu.

4119. **Lamartine** (Alp. de). Harmonies poétiques et religieuses. Bruxelles, Franck, 1830, 2 vol. in-12, br. 8 fr.

Une gravure par Madou.

4120. **La Morlière** (le chevalier de). Les lauriers ecclésiastiques, ou campagnes de l'abbé T..., 1 volume in-12, papier vergé avec un frontispice à l'eau-forte, br. 5 fr.

L'abbé T... (de Terray) était le favori de la marquise de Pompadour. Ce livre parut pour la première fois en 1748, et fut souvent réimprimé depuis ; malgré ces nombreuses éditions, ce roman est devenu rare.

4121. **La Motte.** Fables nouvelles, dédiées au roy, avec un discours sur la fable. Paris, Dupuis, 1719, in-4, veau ant., fig. 35 fr.

1 fleuron sur le titre par Vlenghels, 1 front. et 100 vignettes par Coypel, Gillot, Edelinck, Picart, etc.

4122. **Larchey** (L.). Documents inédits sur le règne de Louis XV ou anecdotes galantes sur les actrices, demoiselles entretenues, grisettes, etc. etc., formant le journal des inspecteurs de M. le Lieutenant de police de Sartines. Bruxelles et Paris, 1863, in-12, br. 4 fr.

4123. **Larivey.** Deux livres de la Filosofie fabuleuse. Le premier prins des discours de M. Ange Firenzuola Florentin, par lequel sous le sens allégorique de plusieurs belles fables, c'est monstree l'enuie, malice et trahison d'aucuns courtisans. Le second, extraict des traictez de Sandebar Indien Philosophe moral, traictans soubz pareilles allégories de l'amitié et choses semblables, par Pierre de La Rivey Champenois. Lyon, Benoist Rigaud, 1579, in-16, v. f. ant., dos orné, fil., tr. dor. (Padeloup.) 80 fr.

Petit livre rare et fort curieux (voir le catalogue Viollet-le-Duc). Joli exemplaire de Girardot de Préfond, et de Yemeniz.

4124. **La Rochefoucauld** (De). Mémoires. Paris, Lévy, 1861, 14 vol. in-8, demi-veau fauve, n. rog. 100 fr.

Exemplaire sur papier de Hollande.

4125. **La Sablière.** Madrigaux de Monsieur de la Sablière. Nouvelle édition. A Paris, chez Duchesne,

1758, in-16, mar. r., fil., tr. dor. (Rel. anc.). 15 fr.

Jolie édition avec des ornements typographiques et des encadrements rouges à chaque pages.

Elle a été donnée par l'abbé Sépher qui y a ajouté en tête une notice sur l'auteur et sur son ouvrage.

4126. **Lasca.** Les Nouvelles d'Antoine-François Grazzini dit Le Lasca. Traduction de Lefèvre de Villebrune. A Berlin, 1776, in-12, veau. 8 fr.

4127. **Las Casas** (Barth. de). Tyrannies et crvavtez des Espagnols, commises es Indes Occidentales, qv'on dit le Nouveau Monde. Briesvement descrite en Espagnol... Traduitte fidellement en françoys par Jacques de Miggrode. A Roven, Jacqves Cailloüe, 1630, Jouxte la Copie imprimée à Paris, par Guillaume Julien, in-4, mar. viol., dos orné, fil. orn., tr. dor. (L. Tripon). 90 fr.

10 ff. n. chiffrés, 214 pp., titre imprimé en rouge et noir. Edition très rare.

4128. **La Serre** (de). Le Tombeau des délices du Monde. A Rouen, chez Ch. Osmon, rue aux Juifs, près le Palais, s. d., in-8, vélin. (Mouillures). 5 fr.

Contient : Les plaisirs de la vue. — Les plaisirs de l'Ouye. — Les plaisirs du Goust. — Les plaisirs de l'Odorat. — Les plaisirs de l'attouchement.

4129. **Lasserre** (Henri). Notre-Dame de Lourdes. Paris, V. Palmé, 1877, gr. in-8, mar. rouge, fil., dos orné, dos orné, dent int., tr. dor. (Bertrand). 80 fr.

Exemplaire grand papier vélin à la forme. Édition illustrée d'encadrements variés à chaque page et de chromolithographies, scènes, portraits, vues à vol d'oiseau, cartes et paysages.

— Le même, gr. in-8, demi-chag. rouge, plats toile, tr. dor. (rel. de l'éditeur.) 20 fr.

4130. **La Valette** (le marquis de). Les établissements généraux de bienfaisance placés sous le patronage de l'impératrice. Paris, Imp. impériale, 1866, in-fol., br. 10 fr.

Eaux-fortes et plans.

4131. **Lavallée** (Théophile). Histoire des Français depuis le temps des Gaulois jusqu'en 1848. Paris, Charpentier, 1861, 6 vol. in-8, demi-rel. chag. bleu, tête dor., n. rog. 40 fr.

4132. **Lebey de Batilly** (Denis). Traité de l'origine des anciens assassins porte-couteaux. A Lyon, pour Vincent Vaspaze, 1603, in-8, mar. bleu, dos orné, fil., tr. dor. (Bauzonnet-Trautz). 70 fr.

Exemplaire de la bibliothèque Yéméniz.

4133. **Leclerc.** Pratique de la géométrie sur le papier et sur le terrain. Paris, 1682, in-12, veau. 8 fr.

Charmantes figures de Séb. Leclerc.

4134. **Lefèvre** (André). Les races et les langues. Paris, F. Alcan, 1893, in-8, cart. de l'éditeur. 3 fr.

4135. **Le Jolle** (Pierre). Description de la ville d'Amsterdam en vers burlesques, selon la visite de six jours d'une semaine. Amsterdam, Jacques le Curieux, 1666, in-12, mar. vert, fil. à froid, dent. int., tr. dor. 60 fr.

Joli elzevier recherché, M. Willems, (les Elzeviers, n° 1756) nous apprend que P. Le Jolle, n'est pas un nom d'emprunt comme l'avait cru Millot. L'auteur de ce livre naquit à Dieppe, il s'était réfugié en Hollande pour cause de religion.

4136. **Lemaitre** (J). Révoltée, pièce en quatre actes, Paris, Lévy, 1889, in-12, rel. toile, couv. 3 fr.

1re édition.

4137. **Le Masson.** Le Calendrier des Confréries de Paris, précédé d'une introduction avec des notes par l'abbé Valentin Dufour. Paris, 1875, in-12, br. 3 fr.

4138. **Lemer** (Julien). Paris au gaz. Paris, Dentu, 1861, in-12, demi-mar. laval, tête dor., n. rog. (Champs). 2 fr.

1re édition.

4139. **Lemercier** (Népomucène). Les Quatre Métamorphoses. Poèmes. Paris, Imp. de Plassan, an VII de la République, in-4, veau, dent., tr. dor. 25 fr.

4140. **Lenoir** (Albert.). Architecture monastique. Paris, Imp. Nationale, 1852, 2 vol. in-4, demi-chag., tête de nègre, tr. jasp. 30 fr.

Nombreuses figures dans le texte.

4141. **Lepautre.** Œuvres d'architecture. A Paris, chez P. Mariette, 3 vol. pet. in-fol., mar. rouge, dent., dos ornés, tr. dor. 450 fr.

Recueil contenant 460 planches, ornements de panneaux, de chapitaux grotesques à la moderne, frises, frontons, rinceaux, trophées d'armes, dessus de portes, cheminées et lambris, portes cochères, plafonds, tapisseries, tabernacles, autels, etc., etc.

Le tome 3 est plus court de marges.

4142. **Le Roy.** Les Ruines des plus beaux monuments de la Grèce. Ouvrage divisé en deux parties, où l'on considère dans la première ces monuments du côté de l'histoire, et dans la seconde, du côté de l'architecture. Paris, 1758, 2 tomes en 1 vol. in-fol. max., mar. rouge ancien, tr. dor. 70 fr.

1re épreuves des planches.

4143. **Lesage**. Histoire de Gil Blas de Santillane. Paris, 1747, 4 vol. in-12, veau ancien, figures. 100 fr.

Bel exemplaire grand de marges de la 1re édition sous cette date.

4144. **Le Sage**. Aventuras de Gil Blas de Santillana, robadas a Espana y adoptadas en Francia par Le Sage, restituidas a su patria y a su lengua mativa por un Espanol zeloso que no sufre se burlen de su nacion (Francisco de Isla). Paris, Rignoux, 1826, 5 vol. in-32, veau fauve estampé, tr. dor. 30 fr.

Edition ornée de curieuses figures lithographiées en couleur.

4145. **Le Sage**. Le Bachelier de Salamanque, ou les Mémoires de D. Chérubin de La Ronda, tirés d'un manuscrit espagnol. Paris et La Haye, 1736-1738, 2 vol. in-12 mar. bleu, dent. int., ir. dor. (Chambolle-Duru). 300 fr.

Edition originale. Bel exemplaire avec 3 figures non signées. Haut. 165 mill,

4146. **Lescure** (de). Les Philippiques de La Grange-Chancel. Mémoires pour servir à l'histoire de La Grange-Chancel et de son temps en partie écrits par lui-même avec des notes historiques et littéraires. Paris, Poulet-Malassis, 1858, pet. in-8, br. 5 fr.

4147. **Littré** et **Beaujan**. Dictionnaire de la langue française. Paris Hachette, 1876, gr. in-8, cart. 4 fr.

4148. **Livre** (le) intitulé Internelle consola | tion... nouvellement corrigé. On les vend au Palais en la Gallerie par ou on va à la Chancellerie, par Vincent Sertenas (1537), in-8, goth. fig. sur bois, v. ant. fil. 150 fr.

Volume fort rare à la suite duquel on a relié : Petit traicte appelé larmeuse de patience en adversité, très consolatif pour ceux qui sont en tribulation... 1537. — Sensuyent aucunes belles préparations pour Deuotement recevoir le sainct sacrement de l'autel. 1537.

4149. **Loiseleur**. Les points obscurs de la vie de Molière. Les années d'étude, les années de lutte et de vie nomade, les années de gloire et ménage de Molière. Un beau volume in-8, imprimé sur papier de Hollande, avec portrait gravé à l'eau forte par Lalauze. Occasion. 7 fr.

4150. **Loménie** (Louis de). Les Mirabeau. Nouvelles études sur la société française au XVIIIe siècle. Nouvelle édition. Paris, Dentu. 1889, 5 vol. in-8, demi-percal., tête jasp., n. rog., couv. 25 fr.

4151. **Longus**. Les Amours pastorales de Daphnis et Chloé, s. l., 1745, pet. in-4, veau marb., fil., tr. dor. (rel. anc.). 50 fr.

1 frontispice de Coypel et 29 figures de Ph. d'Orléans, gravées par Audran et 4 culs-de-lampe de Cochin. Bel exemplaire contenant la figure des Petits-Pieds.

4152. **Longus**. Les Amours pastorales de Daphnis et Chloé, traduites en français par Jacques Amyot et complétées par P. L. Courier. Paris, Delarue, in-12, demi-mar. bleu avec coins, tête dor., n. rog., dos orné. (Smeers). 5 fr.

Papier de Hollande.

4153. **Lorris** (Guillaume de) et Jean de **Meun**. Le Roumant de la Rose, nouuellement reueue et corrigé oultre les précédentes impressions. On les vend a Paris en la rue sainct Iaqs en la boutique de Iehan Morin MDXXXVII (1538), pet. in-8 de 8 et de 304 ff. (le dernier porte la marque de Jean Morin), caract. goth., fig. sur bois, mar. vert, fil., tr. dor. (Derome le jeune). 300 fr.

Ce volume a été récemment étudié par M. Alfred Cartier, de Genève, et lui a permis de résoudre une intéressante question littéraire. Le nom de Jehan Morin sur une édition datée de 1538 prouve que ce libraire, jeté en prison pour avoir publié le « Cymbalum mundi » de Bonaventure Des Périers, ne fut cependant pas exécuté. Voy. « Bul. de l'hist. du Protestantisme français, 1889.

4154. **Lostelneau**. Le Mareschal de bataille contenant le maniement des armes, les évolutions, plusieurs bataillons tant contre l'infanterie que contre la cavalerie ; divers ordres de bataille ; avec un bref discours sur les considérations que doit avoir un souverain avant de commencer la guerre, et un abrégé des functions de généraux d'armes, de mareschaux de camp et autres principales charges d'icelles. Dédié au Roi, inventé et recueilly par le sieur de Lostelneau. Paris, de l'imprimerie d'Estienne Mignon, chez Toussainct Quinet, 1647, in-fol. pl. sur cuivre, mar. r., dos orné, fil. comp. à la Du Seuil, dent. int., tr. dor. (Capé). 250 fr.

Bel exemplaire de ce livre curieux et recherché.

4155. **Loti** (P.). Œuvres. Paris. Lévy, 1889, in-12, demi-percal., tête jasp., n. rog., couv.

Le Mariage de Loti. 2 fr. 50

Mon frère Yves. 5 fr.

Fantôme d'Orient. 5 fr.

4156. **Louandre** (Ch.). Les Arts somptuaires. Histoire du costume et de l'ameublement sous la direction de Hangard-Maugé, dessins de Cl. Ciappori, introduction générale et texte explicatif par Ch. Louandre. Impression en couleurs par Hangard-Maugé. Paris, 1857, 2 vol. de texte et 2 atlas de pl. en chromolithog. — Ens. 4 vol. in-4, demi-rel. chag. vert avec coins, tête dor , non rog. 270 fr.

Bel exemplaire.

4157. **Louvet de Couvray**. Les Amours du chevalier de Faublas. Paris, A. Tardieu, 1821, 4 vol. in-8 veau vert. dent., dos orné. 40 fr.

8 figures dessinées par Collin.

4158. **Ludouici Caelii Rhodigini** antiquarum libri (sexdecim). Venetiis in aedibus Aldi, et Andreae Soceri mense februario M. D. XVI (1516), in-fol. de 40 ff. et 3 ff. non chiffrés, 872 pages, mar. vert, comp. de filets, tr. dor. 80 fr.

Bel exemplaire de cette édition dédiée par l'auteur au célèbre bibliophile J. Grolier. Aux armes du Baron Seilliere.

4159. **Lustful Turck** (The). Or Lascivious scenes in the harem. Faithfully and vivid by depiced. London, Privately primted, in-8, br. 30 fr.

In a series of letters from a young and beautifir English lady to her Cousin in Emgland, the full particulars of her. Ravishment of her complete abandonment to all the Salacions Tastes of the Turcks described with that zest and simplicity which always gives guarantee for its authenticity.

4160. **Luthmer** (Ferdinand). Joaillerie de la Renaissance d'après des originaux et des tableaux du XVe au XVIIe siècle. Paris, Quantin, pet. in-fol. dans un carton. Au lieu de 100 fr. 50 fr.

Album contenant un texte illustré de gravures et 30 planches hors texte en taille-douce et en chromolithographie reproduisant plus de 150 sujets.

4161. **Luys** (J.). Le cerveau et ses fonctions. Paris, Alcan, 1893, in-8 cart. 2 fr. 50

4162. **Maillard** (E.). Histoire d'Ancenis et de ses barons. Nantes, 1860, in-8, fig., br. 6 fr.

4163. **Maillard** (le R. P. Olivier). Histoire de la passion de Jésus-Christ, composée en 1490, publiée en 1828, comme monument de la langue française au XVe siècle. Paris, Impr. Crapelet, 1835, gr. in-8, demi-mar. bleu avec coins, tête dor., n. rog., dos orné, papier vélin, figure. (Cuzin). 15 fr.

4164. **Maison des Jeux** (la) où se trouvent les divertissements d'une compagnie, par des narrations agréables et par des jeux d'esprit et autres entretiens d'une honnête conversation. Paris, Nicolas de Sercy, 1642, mar. bleu, fil., tr. dor. 50 fr.

Bel exemplaire de ce livre rare, relié par Niedrée.

4165. **Malherbe**. Lettres, dédiées à la ville de Caen. 1 vol. — Poésies, 1 vol. — Paris, Blaise, 1822. Ensemble, 2 vol. in-8, veau fauve anc., fil., dent. à froid, tr. dor., dos plat orné. (Doll). 30 fr.

1 vue de Caen, portrait et fac-similé d'écriture. Très jolie reliure romantique.

4166. **Maron** (Eugène). Histoire littéraire de la Convention nationale. Paris, Poulet-Malassis, 1860, in-12, demi-rel. toile, non rogné. 5 fr.

4167. **Maroteau** (Gustave). Les Flocons. Paris, Ach. Faure, 1867, in-12, br., couv. impr. 1 fr. 50

1re édition.

4168. **Marottes** à vendre ou triboulet tablitier, dont la gibecière, après avoir été égarée pendant plusieurs siècles, nous est enfin heureusement parvenue, munie d'un rare assemblage de hochets, breloques, colifichets et babioles de toutes espèces, Au Parnasse burlesque. (Londres, 1812), in-12, cart., n. rog. 8 fr.

Recueil renfermant des extraits d'ouvrages rares en vers et en prose.

4169. **Méon**. Le Roman du Renart, publié d'après les manuscrits de la Bibliothèque du roi des XIIIe, XIVe et XVe siècles. Paris, Treuttel et Wurtz, 1826, 4 vol. — Chabaille, supplément à l'ouvrage. Paris, 1835, 1 vol. — Ensemble, 5 vol. gr. in-8, br. 55 fr.

Exemplaire sur papier de hollande. avec double suite des figures de Desenne, à l'état d'eau-forte et avant la lettre.

4170. **Mérimée** (Prosper). Chronique du règne de Charles IX. Paris, E. Testard, 1889, gr. in-8, br. 25 fr.

Edition ornée de 110 compositions par E. Toudouze.

4171. **Mézeray** (de). Histoire de France avant Clovis. Amsterdam, Abr. Wolfgang, 1692, in-12. front. gravé. — Abrégé chronologique de l'histoire de France. Amsterdam, Abr. Wolfgang, 1673-1674. 6 vol. in-12. front. et portrait gravés. — Ensemble 7 vol, in-12, mar. rouge jans., dent. int., tr. dor. 100 fr.

Bel exemplaire.

4172. **Michelet** (J.). Légendes démocratiques du nord. Paris, Garnier, 1854, in-12, demi-rel. chag. vert, plats toile, n. rog. 3 fr.

4173. **Miot de Mélito**. Mémoires. Paris, M. Lévy, 1858, 3 vol. in-8, demi-veau fauve, tr. jasp. 15 fr.

4174. **Molière**. Œuvres. Nouvelle édition par M. de Voltaire. Avec de très belles figures en tailles-douces. Amsterdam et Leipzig, Arkstée et Merkus. 1765, 6 vol. in-12, front., fleurons et figures par Punt, mar. rouge, dos orné, fil., dent. int., tr. dor. Belz-Niédrée. 130 fr.

Bel exemplaire.

4175. **Molière**. Œuvres avec des remarques grammaticales, des avertissements et des observations sur chaque pièce, par M. Bret. Paris, pour la compagnie des libaires associés, 1773, 6 vol. in-8, veau écaille, fil., tr. dor. 250 fr.

Bel exempl. du 1er tirage avec les deux ff. de remarque. Cette édition contient : 1 portrait d'après Mignard, grave par Cathelin : 6 fleurons sur les titres par Moreau et 33 fig. par Moreau.

4176. **Molière**. Théâtre choisi. avec une notice. par M. Poujoulat. Tours, Mame, 1878-1879, 2 vol. gr. in-8, brochés. 40 fr.

Exemplaire papier vélin, avec portrait et 26 eaux-fortes de Foulquier.

4177. **Molière**. Suite d'estampes des principaux sujets des comédies de Molière. d'après Ch. Coypel, réduite et gravée par T. de Mare. Paris, Letilleul. 7 planches gravées à l'eau-forte sur papier de Hollande, in-fol. en feuilles. 8 fr.

— La même tirée en bistre, 10 fr.

4178. **Molière**. Réimpressions textuelles des éditions originales, par les soins de Louis Lacour et publiées par Jouaust, in-12 br.

Le Médecin malgré luy, papier Wathman. 6 fr.

L'Escole des Maris. papier Wathmau. 5 fr.

Le Sicilien, papier Wathman. 4 fr.

— Le même, papier ordinaire. 2 fr.

Le Dépit amoureux. papier Wathman. 7 fr.

Les Précieuses ridicules, pap. ordinaire. 2 fr.

Sganarelle ou le Cocu imaginaire, papier Wathman. 5 fr.

L'Estourdy ou le contre-temps, pap. Wathman. 5 fr.

Monsieur de Pourceaugnac, pap. ordinaire. 3 fr.

4179. **Moncrif**. Les Chats. Paris, Quillau, 1727, in-8, fig., veau. 15 fr.

Figures de Coypel, gravées par le comte de Caylus. Exemplaire avec envoi autographe de Moncrif au comte de Plélo.

4180. **Moncrif**. Œuvres. Paris, Brunet, 1751, 3 vol. in-12, veau, dos ornés tr. rouges, port. et fig. 8 fr.

4181. **Montrelet**. La Chronique d'Enguerran de Monstrelet en deux livres avec pièces justificatives, 1400-1444. Publiée pour la société de l'histoire de France par L. Douët d'Arcq. Paris, Renouard, 1857, 6 vol. gr. in-8 demi-veau fauve n. rog. 45 fr.

Bel exemplaire.

4182. **Montaigne**. Essais avec les notes de tous les commentateurs Edition publiée par J. V. Le Clerc. Paris, Lefèvre, 1826, 5 vol. gr. in-8, demi-veau vert, n. rog. port. 30 fr.

De la collection des classiques français.

4183. **Montemaior** (Georges de). La Diane. Divisée en 3 part. et traduites d'espagnol en françois. A Tours, chez Jamet, Métayer, 1592, gros vol. pet. in-12, veau fauve, anc. fil. tr. rouge. 20 fr.

Roman pastoral qui servi de modèle à l'Astrie.

4184. **Montesquieu**. Lettres persanes. Amsterdam, P. Brunel, sur le Dam à la Sphère, 1721, 2 vol. in-12 mar. r. jans., dent. int. tr. dor. (Pouillet). 25 fr.

4185. **Le Temple de Gnide**. 12 pièces d'après Regnault, Le Barbier, Monnet. — On a ajouté une eau-forte de Le Barbier pour Arsace et Isménie, édition de Didot an III. 25 fr.

4186. **Montfaucon**. L'Antiquité expliquée et représentée en figures par Dom Bernard de Montfaucon. Paris, Delaulne, 1717, 10 vol. in-fol. Supplément au livre de l'antiquité expliquée. 5 vol. in-fol. Ens. : 15 vol. in-fol., fig., veau. 250 fr.

Nombreuses planches.

4187. **Monti** (J.). Madame Mathurin. Paris, Serra, 1885, in-12 demi-mar. bleu avec coins, tête dor. n. rog. dos orné, couv. 70 fr.

Illustré de 22 aquarelles dans les marges.

4188. **Morgues** (Jacques). Les statuts

et coustumes du pays de **Provence.** Aix, Et. David, 1642, in-4 parchemin. 10 fr.

Ouvrage curieux et rare.

4189. **Morin** (G.-H.). Essai sur la vie et le caractère de J.-J. Rousseau. Paris, Ledoyen, 1851, in-8, demi-veau fauve. 3 fr.

4190. **Nardin** (Georges). Les Horizons bleus. Lyres et épinettes, rêves envolés, les sanglots de l'âme (1876-80). Paris, Charpentier, 1880, pet. in-8 br. 5 fr.

L'un des 10 exemplaires sur papier de Hollande. Envoi d'auteur.

4191. **Normand** (J.). Paravents et tréteaux. Fantaisies de salon et de théâtre. Paris, Calmann-Lévy, 1881, in-12, demi-rel. mar. bleu, tr. peign. 2 fr.

4192. **Novum** Iesv Christi Testamentvm Vulgatae editionis Sixti V. Pont. Max. Iussu recognitum, et Clementis VIII auctoritate éditum. Parisiis, excudebat Antonius Vitré, Regis, Reginae, Regentis, et Cleri Gallicani Typographus, 1644, in-8, v. f. fil. dos orné, tr. dor. (Bozérian jeune.) 7 fr.

4193. **Opus sadicum**, a philosophical romance. Litterally translated into Englis from the French original text (Holland, 1791). One volume 8vo (400 pages). 30 fr.

The original edition of the famous Justine or the misfortunes of Virtue, by the Marquis of Sade, is a book in some manner unknown to readers of the present generation. The author disowned it, pretending, according to custum, that an unfaithful friend had robbed him of his manuscript and hab published only quite a shabby extract therefrom, unworthy of him whose energetic crayon had sketched the true Justine. He was strangely mistaken. This pretended extract is, on the contrary, the main work of the too celebrated monomaniac, and the running of it over again which he caused it to undergo afterwards completely spoiled it.

4194. **Oudard** et **Vieillot**. Galerie des oiseaux du cabinet d'histoire naturelle du Jardin du Roi. Paris, 1821, 82 livraisons in-4. (Il manque les livraisons 32, 33 et 64.) 60 fr.

Ces livraisons contiennent 342 planches coloriées.

4195. **Pascal** (Blaise). Pensées. Paris, Renouard, 1803, 2 vol. in-12 veau fauve, fil. tr. dor., dos orné, port. 30 fr.

4196. **Pasquier** (Estienne). Les Recherches des recherches et ses autres œuvres pour la défense de nos Roys, contre les outrages, calomnies, et autres impertinences dudit auteur, par Garasse. Paris, 1622, in-8 veau. 6 fr.

4197. **Pène** (H. de). Trop Belle. Paris, Ollendorff, 1886, in-12, rel. toile, n. rog. couv. 7 fr.

L'un des 10 exemplaires sur papier de Hollande.

4198. **Petitot**. Collection complète des mémoires relatifs à l'histoire de France, depuis le règne de Philippe-Auguste jusqu'à la paix de Paris, conclue en 1763. Paris, Foucault, 1819-1829, 131 vol. in-8, veau fauve, orn. à froid sur les plats, dos orné, tr. jasp. 400 fr.

Jolie reliure de l'époque.

4199. **Piganiol de La Force**. Description historique de la ville de Paris et de ses environs. Nouvelle édition revue, corrigée et considérablement augmentée. Paris, 1765, 10 vol. in-12 veau. 50 fr.

Nombreuses planches.

4200. **Polyæni** Stratagematum libri octo... e græco sermone in latinnm conversi. Basileæ, per Joannem Oporinum, s. d. (1549), in-8, mar. vert, compart, coins et milieux dorés, dorure au pointillé, dos orné, tr. dor. (Rel. du XVIe siècle.) 250 fr.

Bel exemplaire bien conservé.

4201. **Polybiblion**. Revue bibliographique universelle, de 1869 à 1873, premier semestre. Paris, aux bureaux de la Revue, 7 vol. in-8, demi-veau fauve. 25 fr.

4202. **Prémaray** (Jules de). Rien. Paris, librairie Nouvelle, 1861, in-12, br. 1 fr. 50

1re édition. Légères mouillures.

4203. **Racine** (Jean). Œuvres. Texte original avec variantes. Notice par A. France. Paris, Lemerre, 5 vol. in-12, br., port. 15 fr.

4204. **Recueil** amusant de voyages en vers et en prose, faits par différens auteurs, auquel on a joint un choix des épitres, contes et fables morales qui ont rapport aux voyages. Paris, Nyon, 1783, 6 vol. pet. in-12, mar. rouge, fil, tr. dor. 40 fr.

Reliure ancienne très fraîche.

4205. **Règlement** de la ville de Strasbourg, concernant les incendies (en français et en allemand). A Strasbourg, de l'imp. de Le Roux, 1786, pet. in-fol., veau rac., dent., tr. dor. 5 fr.

Plan en couleur.

4206. **Regnard.** Voyage de Laponie, précédé d'une notice par Aug. Lepage. Paris, Jouaust, 1875, in-12 br. 1 fr.

4207. **Regnault** (A.). Histoire du Conseil d'Etat, depuis son origine jusqu'à ce jour, contenant sa composition, son organisation intérieure, ses attributions, etc. Paris, Cotillon, 1853, in-8, demi-percal., n. rog., couv. port. 6 fr.

4208. **Regnier.** Œuvres complètes. Nouvelle édition avec le commentaire de Brossette, publié en 1729. Paris, Lequien, 1822, port. in-8, mar. rouge, fil., dos orné, dent. à froid. (Lefebvre.) 20 fr.

Bel exemplaire. Jolie reliure.

4209. **Regnier** (Mathurin). Œuvres complètes, accompagnées d'une notice biographique, variantes, index, etc., par E. Courbet. Paris, Lemerre, 1875, gr. in-8. 15 fr.

L'un des 30 ex. sur papier Whatman.

4210. **Reiffenberg** (Le baron de). Frère Jacques-le-Mineur ou le duel et le rendez-vous. Anecdote belge. Paris, 1837, broch. in-8, de 31 pp. 1 fr.

4211. **Relation** d'un voyage à Bruxelles et à Coblentz. Paris, Boucher, 1823, n. rog., demi-rel. chag. vert, n. rog. 3 fr.

Portrait de Louis XVIII. Relation de sa fuite.

4212. **Remonstrance** à tous bons et vrais catholiques, lesquels veulent soustenir et mainstenir nostre mère saincte Eglise contre les faulx hérétiques de ce temps. Pour D. Binet, 1589, broch. in-12 de 19 pp. 3 fr.

4213. **Rémusat** (Comtesse de). Essai sur l'éducation des femmes. Paris, Ladvocat, 1824, in-8, demi-rel. veau. 5 fr.

4214. **Renan** (Ernest). Vie de Jésus. Paris, Lévy, 1893, gr. in-8 br. 3 fr. 50

4215. **Rességuier** (Jules de). Les Prismes poétiques. Paris. Allardin, 1838, in-8, br. n. rog., couv. 7 fr.

Edition originale.

4216. **Restif-de-La Bretonne.** La Fille naturelle. La Haye et Paris, 1769, 2 part. en 1 vol. in-12, demi-rel. 8 fr.

4217. **Restif de la Bretonne.** Le mimographe ou idées d'une honnête femme pour la réformation du Théâtre national. Amsterdam, 1770, in-8, veau. 12 fr.

4218. **Restif de La Bretonne.** Le Ménage parisien, ou Déliée et Sotentout. Imprimé à la Haie, 1773, 2 vol. in-12, brochés. 10 fr.

4219. **Restif de La Bretonne.** L'Andrographe ou idées d'un honnête homme, sur un projet de règlement proposé à toutes les nations de l'Europe, pour opérer une réforme générale des mœurs et par elles le bonheur du genre humain. La Haye, 1782, 2 tomes en 1 vol. in-8, demi-veau fauve avec coins, tr. rouges. 5 fr.

4220. **Restif de La Bretonne.** La dernière aventure d'un homme de 45 ans, nouvelle utile à plus d'un lecteur. Genève et Paris, 1783, 2 vol. in-12 demi-veau. 15 fr.

4 figures de Bizet.

4221. **Restif de La Bretonne.** Les Veillées du Marais ou Histoire du prince Oribeau, roi de Mommonée, au pays d'Evinland et de la princesse Oribelle, de Layenie. Imprimé à Waterford, capitale de Mommomie, 1785, 4 vol. in-12, veau. 15 fr.

4222. **Restif de la Bretonne.** Monsieur Nicolas ou le Cœur humain dévoilé. Mémoires intimes. Réimprimé sur l'édition unique et rarissime publiée par Restif en 1796. Paris, Liseux, 1883, 14 vol. in-8, brochés. 50 fr.

L'un des 225 exemplaires tirés sur papier de Hollande. Publié à 120 fr.

4223. **Revue** des livres nouveaux, contenant l'analyse de tous les ouvrages importants parus dans la quinzaine et suivie d'une nomenclature des nouveautés venant de paraître. Paris, 1880 à 1887 inclus, 14 vol. gr. in-8, demi-percal. gren., n. rog. 30 fr.

4224. **Revue** des Romans. Recueil d'analyses raisonnées des productions remarquables des plus célèbres romanciers français et étrangers, par Eusèbe G***. Paris, Didot, 1839, 2 vol. in-8, percal. n. rog. 4 fr.

4225. **Rhin** (Le) et ses bords, depuis les sources du Rhin jusqu'à Mayence. Collection de vues pittoresques, par Rohbock, Louis et Jules Laugé et accompagnées d'un texte historique et topographique, par Appel, trad. de l'allemand. Paris, 1853, gr. in-8, br. 10 fr.

Ouvrage bien complet avec de superbes gravures.

4226. **Riant** (P. E. D.). Haymari Monachi archiepiscopi Cæsariensis et portea hierosolymitani patriarchæ de expugnata accone liber tetrartichus seu rithmus de expeditione ierosolimitome. Lugduni, L. Perrin, 1866, in-8, mar. viol., tr. jasp. 5 fr.

4227. **Richeome** (Louis). Trois discours pour la religion catholique, les miracles, les saincts, les images, dédiez au très chrestien roy de France et de Navarre, Henry IV. Lyon, Pierre Rigaud, 1607, gros in-12 vélin. 5 fr.

Mouillures.

4228. **Rossignol** (Léon). Nos petits journalistes. Paris, Gosselin, 1865, in 12, br. 2 fr.

Une planche de portraits de journalistes photographiés.

4229. **Royaumont**. L'histoire du Vieux et du Nouveau Testament, représentée avec des figures et des explications édifiantes, par le sieur de Royaumont. Nicolas Fontaine et Le Maistre de Sacy. A Paris, chez Pierre Le Petit, 1670, in-4 mar. rouge comp. à la Du Seuil, fil., tr. dor. (rel. anc.). 320 fr.

Edition originale. On y trouve des gravures de Sébastien Le Clerc, qui ne sont pas dans les autres éditions.

4230. **Ruines de Palmyre** (Les) autrement dit Tedmor au désert. Londres, Millar, 1753, in-fol. veau marb. 40 fr.

57 pl. de Borra. Dankins et Wood. La première est une vue générale des ruines de Palmyre, qui manque quelquefois.

4231. **Sacre** (Le) de Louis XV, roy de France et de Navarre, dans l'Eglise de Reims, le dimanche xxv Octobre 1722 (texte rédigé par Danchet). S. l., n. d. (Paris, 1722). in-fol., pl. veau, Dauphins aux angles du volume. 250 fr.

Ce splendide volume, entièrement gravé, est orné de 9 grandes planches doubles, par Cochin. Larmessin, Tardieux et Dupins et de 63 gravures des costumes des grands officiers de la Maison du Roy. Chaque ff. de texte est entouré de bordures.

4232. **Sacre et couronnement de Louis XVI** (Le), roi de Navarre, à Reims, le 11 Juin 1775 (par l'abbé Pichon), précédé de recherches sur le sacre des rois de France (par Gobert). Enrichi d'un très grand nombre de figures en taille douce gravées par le sieur Patas avec leurs explications. Paris, Vente et Patas, 1775, in-4, mar. bleu, dos orné, dent., doublé de mar. brun, dent. int., gardes en moire bleue, tête dor., ébarbé. 125 fr.

1 titre gravé, 1 frontispice, 14 vignettes et 48 figures.

Exemplaire en grand papier de Hollande avec les figures encadrées.

Le plan de la ville de Reims ne s'y trouve pas,

4233. **Sages enseignemens** (Les). Sentences d'or ou vers dorez et notables dicts du philosophe Pythagoras et du sage Salomon. Avec plusieurs belles doctrines tant de Plutarque que d'Aristote. A Rouen, chez Cl. le Villain, 1602, in-12, mar. gren., tr. dor. 40 fr.

4234. **Saillet** (Alex. de). Les jeunes français de toutes les époques. Paris, Lehuby, s. d., in-8 cart., dos orné, tr. dor. 3 fr. 50

Dessins par MM. J. David, Mouilleron, Champagne et Janet-Lange.

4235. **Saint-Allais**. De l'ancienne France. Paris, 1833, 2 vol. in-8, demi-veau vert. 15 fr.

4236. **Sainctes** (Claude de). Discours sur le saccagement des églises catholiques, par les hérétiques anciens et nouveaux calvinistes, en l'an 1562, plus de l'ancien nature des français en la religion chrétienne. A monseigneur l'illustrissime cardinal de Lorraine. A Paris, chez Cl. Fremy, en la rue Sainct-Jacques, à l'enseigne sainct Martin, avec privilège, 1567, pet. in-8 dérelié, tr. dor. 50 fr.

Ouvrage d'une très grande rareté. Exemplaire entièrement réglé, très bien conservé.

4237. **Saint-Non**. Voyage pittoresque ou description du royaume de Naples et de Sicile. Paris, 1781-86, 4 tomes en 5 vol. in-fol., veau rac., tr. marb. 200 fr.

Fleurons sur les titres, 376 gravures, 11 grandes vignettes, 74 culs-de-lampe et fleurons, 12 cartes et 1 plan.

4238. **Saint-Pierre** (B. de). Paul et Virginie, avec notice et notes par A. France. Paris, Lemerre, 1878, gr. in-8, br. 300 fr.

Exemplaire sur papiep Whatmann auquel on a ajouté 39 aquarelles originales dans les marques par Ch. Jouas.

4239. **Sainte-Aulaire**. Histoire de la Fronde. Paris, Baudouin, 1827, 3 vol. in-8 demi-mar. chag. rouge n. rog., dos orné. 10 fr.

4240. **Salengre** (De). Histoire de Pierre de Montmaur, professeur royal en langue grecque, dans l'Université de Paris. A La Haye, chez Chr. Van Lom, 1715, 2 vol. in-12, front. gr., mar. rouge, fil., dos ornés, dent. intér., tr. dor. (Capé). 75 fr.

4241. **Salzmann** (Aug.). Jérusalem, étude et reproduction photographique des monuments de la ville Sainte depuis l'époque Judaïque jusqu'à nos jours. Paris, Gide, 1856, 1 vol. pet. in-fol. de texte et 2 vol. gr. in-fol. de planches demi-mar. rouge avec coins tête dor., n. rog. 300 fr.

Bel exemplaire monté sur onglets.

4242. **Sand** (M.). Masques et bouffons (comédie italienne), texte et dessins par M. Sand, gravures par A. Manceau, préface par George Sand. Paris, A. Lévy, 1862, 2 vol. gr. in-8, demi-mar. rouge, tr. peig. 50 fr.

Figures coloriées.

4243. **Sand** (Georges). Le Diable aux champs. Paris, librairie Nouvelle, 1857, in-12 br., couvert. impr. 2 fr.

1re édition.

4244. **Sand** (Georges). Cadio. Paris, Lévy frères, 1858, in-12, br., couv. impr. 2 fr.

1re édition.

4245. **Sarasin**. Les Œuvres. Contenant les traitez suivans : La Conspiration de Valstein, contre l'Empereur. — S'il faut qu'un jeune homme soit amoureux. — La vie de Pomponius Atticus. — La pompe funèbre de voiture. — Histoire du siège de Dunkerque. — Opinions du nom et du jeu des Echets, etc. Paris, Séb. Cramoisy, 1696, in-12 veau fauve, fil. tr. dor., dos orné (Niedrée). 15 fr.

Frontispice. Bel exemplaire.

4246. **Savot** (Louis). Discours sur les Médailles antiques, divisé en 4 parties. Esquelles il est traité si les médalles antiques estoient monnoyes, de leur matière : de leur poids ; de leur prix ; de la valeur qu'elles peuvent avoir aujourd'huy, selon qu'elles sont rares ou communes. Paris, Séb. Cramoisy, 1627, in-4 vélin. 6 fr.

Mouillures.

4248. **Schnitzler.** La Russie en 1812, Rostoptchine et Koutousof, tableau de mœurs et essai de critique historique. Paris, Didier, 1863, in-8 br. 3 fr.

4249. **Schoonebeek** (Adrian). Nette afbeeldingen der eygenedragten van alle geeftelijke vrouwen en nonnen orders ; nevens een korte aantekening van haar begin voortgang en beveftiging. Tot Amsterdam, 1691, in-8 demi-rel. 20 fr.

Titre, frontispice et 90 figures.

4250. **Schoonenbeek** (Ad.). Courte description des ordres des femmes et filles religieuses. Contenant une petite relation de leur origine, de leur progrès et de leur confirmation. Amsterdam. Desbordes, 1700, in-12 vélin blanc à recouvrements. 50 fr,

Titre et 98 figures gravées. Très rare.

4251. **Stern.** Album contenant 272 armoiries et monogrammes gravés et en couleur, montés sur 23 ff. bristol, cuir de Russie, tr. dor., fermoirs en cuivre dans un étui. 40 fr.

4252. **Swebach** (Ed.). Désagréments de la chasse à courre. Bruxelles, chez de Wasme, s. d., in 4 en feuilles, couv. 30 fr.

12 lithographies à toutes marges.

4253. **Tabourot** (Est.). Les Bigarrures du seigneur des Accords (1er livre), corrigées par l'auteur. A Paris, chez Jean Richer, 1585, in-16 mar. vert, fil , dos orné, tr. dor. (Derôme). 200 fr.

Bel exemplaire.

4254. **Tahureau** (Jacques). Poésies, publiées par Prosper Blanchemain. Paris, Jouaust, 1870, 2 vol. in-12 br., n. rog. 20 fr.

L'un des 15 ex. sur papier de Chine. Du cabinet du bibliophile.

4255. **Tasse.** La Jérusalem délivrée, traduite en vers françois par P.-L.-M. Baour-Lormian. Paris, Delaunay (de l'imprimerie de Didot le jeune), 1819, 3 vol. gr. in-8, v. fauve, fil., dent. et ornements, fers à froid, tête dor., non rognés. 100 fr.

Exemplaire tiré sur grand papier vélin, contenant : portrait du Tasse dess. par Desenne, gr. par Müller, épreuve en triple état : avant et avec la lettre et eau-forte ; portrait de Baour-Lormian dessiné par Frilley ; quatre figures dessinées par Ducis, gravées par Pauquet ; trois figures dessinées par Chasselat et Bergeret ; épreuves en triple état : avant et avec la lettre et eaux-fortes.

4256. **Tasse**. Jérusalem délivrée. Poème traduit de l'italien ; nouvelle édition, revue et corrigée, enrichie de la vie du Tasse. Paris, Bossange, 1813, 2 vol. in-8, demi-chag. gren. avec coins, tête jasp.. n. rog. 8 fr.

Portrait par Chasselat, gravé par Delvaux et 20 figures par Lebarbier, avant la lettre.

4257. **Tasse.** Aminte, traduction du sieur de La Brosse, avec une préface par H. Reynal. Paris, Jouaust, 1882, in-16, br. 8 fr.

Compositions de V. Ranvier, gravées à l'eau-forte par Champollion, dessins de H. Giacomelli, gravés sur bois par Méaulle.

4258. **Tavernier**. Les six Voyages de Jean-Baptiste Tavernier, écuyer. baron d'Aubonne, en Turquie, en Perse et aux Indes. Suivant la copie imprimée à Paris, 1679, 3 vol. in-12, front., portr. et fig., mar. rouge, fil.. dos ornés, tr. dor. 90 fr.

Les six premiers Voyages de Tavernier occupent en entier les deux premiers volumes ; le troisième, avec un titre différend, renferme une Relation du Japon ; Relation de ce qui s'est passé dans la négociation des députés qui ont été en Perse et aux Indes pour l'établissement du commerce ; Observations sur le commerce des Indes ; Relation nouvelle du Tonkin ; Histoire de la conduite des Hollandais en Asie, et Relation de l'intérieur du sérail.

Ces 3 volumes sont ensemble ornés de 1 portr., 1 front., 41 pl. et 2 cartes.

Bel exemplaire de la première édition.

4259. **Théâtre de campagne**. Paris, Ollendorff, s. d., 7 vol. in 12 demi-rel. mar. bleu. 16 fr.

Manque la 6e Série.

4260. **Thiers**. Histoire de la révolution française. Paris, 1823, 10 vol. in-8 veau rac. 35 fr.

Edition originale très rare, elle contient plusieurs passages supprimés dans les autres conditions, une légère piqûre de vers dans la marge du tôme 6.

4261. **Tombeau** (Le) et Eloge du Très illustre et Très magnanime duc de Joyeuse, accompagné de plainctes et regrets de la France, et des heureux anagrammes, latin et françois, du nom d'iceluy. Dédié à tres illustre, et tres vertueuse dame, Madame la duchesse de Joyeuse. Par André Derossant, Jurisconsulte et poete lyonnois. A Paris, chez Michel de Roigny, 1588, in-8, mar. vert, fil. à fr. dent. int. tr. dor. (Duru.) 70 fr.

Exemplaire avec témoins d'une pièce en vers extrêmement rare ; il provient de la bibliothèque Solar.

4262. **Trésor** de numismatique et de glyptique ou recueil général de médailles, monnaies, pierres gravées, bas reliefs etc., tant anciens que modernes, les plus intéressants sous le rapport de l'art et de l'histoire, gravés par les procédés d'Ach. Collas, sous la direction de P. Delaroche, Henriquet, Dupont, et Ch. Lenormant. Paris, 1858, 19 vol. in-fol. demi-percal. n. rog. 500 fr.

Bel exemplaire complet, contenant 1020 planches.

4263. **Voltaire**. Œuvres, avec préfaces, avertissements, notes etc. par M. Beuchot. Paris, Lefèvre (Imprimerie de Firmin-Didot), 1829-1834, 70 vol. — Table analytique, rédigée par M. Miger. Paris, 1841, 2 vol. Ensemble 72 vol. in-8 br. 300 fr.

Très bel exemplaire sur papier cavalier jésus, avec ses couvertures de souscription, non lavé, remarquable par sa fraîcheur intérieurement, n'ayant pas une piqûre. La table des matières de l'essai sur les mœurs qui manque souvent, s'y trouve.

4264. **Voyages** aventureux (les) du capitaine Martin de Hoyarsabal, habitant de Cubibnru. Contenant les reigles et enseignements nécessaires à la bonne et seure navigation. Reveu et corrigé en ceste dernière impression, et augmenté de la déclinaison du soleil qui a été faite suivant la réformation du calendrier de l'an mil cinq cens quatre-vingt-deux. A Bordeaux, par Guillaume Millanges, 1633, in-8, mar. La Vall. jans. dent. int. tr. dor. (Raparlier). 260 fr.

Volume rare.

4265. **Vues pittoresques** de l'Inde, de la Chine et des bords de la mer Rouge, dessinées par Prout, Stanfield, etc., sur les esquisses originales du commodore Robert Elliot, accompagnées d'un texte historique et descriptif, par Emma Roberts, traduit par J. F. Gérard. Londres, Fisher, s. d. (1835), 2 tomes en 1 vol. in-4, front. en couleur et pl. sur acier, mar. vert, dos et plats ornés, doublé de mar. vert, dos et plats ornés, doublé de mar. noir et citr., tr. dor. 500 fr.

Curieuse reliure ornée de riches compartiments dorés, argentés et en mosaïque de maroquin rouge. — On y remarque une pagode, un collier, des croissants, des étoiles, un pont sous lequel passe une barque, un temple, etc. A l'intérieur des plats, figure, un grand milieu en mar. citron, entouré d'un semis d'étoiles.

4266. **Zola** (Em.). La Bête humaine. Paris, Charpentier, 1890, in-12, percal. n. rog., couv. 5 fr.

1re édition.

Le Propriétaire-Gérant : **Th. BELIN**.

Péronne. — Imp. Eug. CRÉTY, 24, Grande Place.

www.ingramcontent.com/pod-product-compliance
Lightning Source LLC
LaVergne TN
LVHW052013160826
845678LV00003B/1036

* 9 7 8 2 3 2 9 6 4 3 5 0 2 *